U0132122

天喜文化

人生没有白读的书

刘心武 著

天地出版社 | TIANDI PRESS

序

　　60 年前，1962 年春节期间，我在《中国青年报》上发表了《赏梅迎春》一文，写那篇文章的时候，我还不到 20岁，我不认识该报社的任何人士，是自发投稿。《中国青年报》的编辑从众多来稿中选出我这篇，二审通过，总编辑签发，还安排在副刊头题，配了一张挺大的图。文章里我侃侃而谈，似乎对梅花、梅树、梅子都很了解，还向读者报告，那一时期，梅树只生长在中国，日本曾多番尝试种植，总未成功，而在我国，梅树主要生长在江南，苏州的邓尉，杭州的超山，无锡的梅园"香雪海"，都是以栽梅出名的胜地，每逢春梅盛开时，人们就络绎不绝地相携去赏梅。迎春赏梅，已经成为我国人民的一种民族习惯。

　　其实写文章的时候，我并未去过江南，我所定居的北京，那时候还没有地栽梅。我所赏的梅，都是比如说中山公园唐花坞里的那种盆景梅。那么我那篇文章是怎么写出来的？除了从盆景梅去想象江南地栽梅，就是通过阅读。从少年时期，我就喜欢读书，我的生活历程，是现实的阳光雨露、坎坷颠簸、柳暗花明，与读各种书籍后获得的知识、启发、激励、教训交织在一起，相浸相融的。

人间正道是沧桑。一个甲子过去，祖国变得更富更强更美了。北方难以地栽梅花的困难，在20世纪80年代后，经过园林栽培专家和园林工人们的一再努力，已经突破，现在北京人赏梅，不用非去江南，不必只在盆景梅前凝神，许多地方，都有梅林出现。前些天，助理焦金木开车，我们一起去了北京明城墙遗址公园，那敞开式公园的园林布局，主打就是地栽梅，有红梅、白梅，还有绿萼梅，那日天气晴好，游客不多，因为防疫都戴着口罩，相互之间保持着距离，静静地赏梅。我逐次走近不同的梅树，近观那美丽的花朵，嗅其淡雅的香气，品其独特的神韵，身心大畅。不禁就回想起六十年前，自己发表过《赏梅迎春》的文章，那时还是个毛头小伙，如今却入耄耋之年。

"老而不死是为贼"，这是2500多年前孔子批评原壤的话，孔子说的话收齐全了是："幼而不孙弟，长而无述焉，老而不死是为贼。"就是这个原壤年轻的时候不尊老爱幼，成年后又无所事事，现在老不死，成偷取岁月的贼了。孔子和原壤本是朋友，他骂原壤"老不死的"，既是批评，也有调侃之意。当下尊老爱幼风气很盛，少有人嫌弃耄耋老人，视其为贼寇的。但我自己既然进入了"80"后，就应自诫：不能像原壤那样无所作为，倚老卖老。就如一株老梅树，只要精气神还在，就该再开出花朵，对社会，对年轻一代，有所奉献。我现在仍在写作，仍在参与当下的文化活动，不仅用电脑打字，也录制音频，写新的小说，也把自己几十年来的读书心得、人生感悟，提炼出来，这本散文随笔集子，就是这样形成的。

愿我自己这株老梅，还能继续报春。

刘心武

2022 年 3 月 25 日

目录

第一辑　红楼系于深深处

003　绿叶成荫子满枝

007　司棋的姓

015　一杯茶的伏笔

021　惜春的谶语

028　夹道里的故事

035　金陵十二钗花语

041　写男不写头，写女不写脚

第二辑　泥土上的记忆

049　呼兰河的悲欢

054　孙犁的革命柔情

060　山村里的新生

068　温州有溪鳗

074　月牙儿的苦悲

080　为农民写作的作家

087　一本老书的回忆

093　沈复的浮生清欢

100　大团圆的美

108　赵氏孤儿

第三辑　风从远方来

117　辛酸的童话

123　我所知道的现代主义

133　诺贝尔文学奖二三事

144　复活的美神雕像

150　会变质的友谊

156　没意思的故事

161　梅耶荷德定律

第四辑　读书与写作

169　不要生春天的气

175　一种疯言

181　一种低语

187　出人意料的结尾

198　从生活中发现文眼

204　镀金的莲花

208　银锭观山

213　心里难过

218　不要对大头尖叫

225　谈谈冷书

232　六瓣梅

238　三种长篇小说结构

第一辑

红楼系于深深处

绿叶成荫子满枝

20世纪的"40后""50后""60后"认识我，多半是因为我是写小说的，我写过短篇小说《班主任》、长篇小说《钟鼓楼》；而"70后""80后""90后"认识我，多半是因为我在百家讲坛讲过《红楼梦》。

《红楼梦》里面有这么一段情节，在第五十八回，贾宝玉大病一场以后，拄着拐棍儿离开了他所居住的怡红院，他要去潇湘馆看望林黛玉。他从大观园沁芳桥一带的堤上走过来，只见柳垂金线，桃吐丹霞。走着走着，转过一块山石，就见到一棵大杏树。树上的花全都谢了，叶稠阴翠，他仔细一看，杏树上面已经结了许多豆子大小的小杏儿。这个时候贾宝玉就有了一些心理活动。

《红楼梦》成书于中国清代的乾隆年间，距今有两百多年了，那个时候，一些大家所熟悉的西方长篇小说，像《悲惨世界》，都还没有出现。而早在两百多年前，中国古典小说《红楼梦》里面就有了大段的心理描写，书中写到贾宝玉有这样一些心理活动，他心说：（我）能病了几天，竟把杏花辜负了！不觉已到"绿叶成荫子满枝"了。于是他仰望着杏树上的杏子舍不得离开。他又由杏花、小杏子想到了大观园里面的那些青春女性，那些青春女性也跟这杏花、小杏儿一样，有的就像花儿，开始谢了；有的花儿谢了，就结出小杏子了。意思就是说，她们走过了少女时期，要出嫁了。

接着他想到故事里面的一个人物，叫作邢岫烟。这位邢岫烟是谁？她是荣国府贾母的大儿媳邢夫人的一个侄女儿，是从金陵地区北上来到京城投靠荣国府的。跟她一起来的，还有一些其他的亲戚，其中就有薛家薛姨妈的一个侄子，薛宝钗的堂弟，名叫薛蝌。邢岫烟和薛蝌到了荣国府以后，由贾母做主，成就了一门亲事，邢岫烟就嫁给了薛蝌。

贾宝玉联想起这件事情，他心说，邢岫烟本来是一个青春女子，现在定了亲了，虽说是男女大事，不可不行，但未免又少了一个好女儿。不过两年，便也要"绿叶成荫子满枝"了。也就是说，她婚后过不了几年就要生孩子了。料想再过几日，这棵杏树的叶子都会落掉，这是秋冬时候常见的景象，贾宝玉因此就联想到邢岫烟再过几年也未免乌发如银，红颜消退，想到这儿，他就不免伤心了。

贾宝玉有一个观念，他说在当时那个时代，男人是泥做的骨肉，污浊不堪；女儿家是水做的骨肉，非常地清纯、洁净。因为在那个时代，男子稍微长大以后，就会被社会和家庭规训着去走一条参加科举考试谋取功名的道路，这是贾宝玉最不喜欢的。而女子长大以后就会出嫁，嫁给那些追求功名利禄的男子，所以他觉得女儿家不出嫁最好，一出嫁就跟追求功名利禄的男子成为共同体了，就会被污染，也去追求功名利禄，就堕落了。

所以面对这棵杏树，他就想到邢岫烟马上就要失去青春女性的那种纯净了，今后就说不清楚了。想着想着，他竟对着杏树流下泪来，枉自叹息。

正在他悲伤的时候，有一只小鸟飞了过来，落在这杏树枝上乱啼，贾宝玉就发了呆性，心里就有了这样的想法，他心说这鸟必定在杏花盛开的时候曾经飞来过，今天没有花了，空有叶子，它现在飞回来，心里必定很难过，所以胡乱地啼叫。他听着鸟叫的声音，觉得是啼哭之声。他心想，不知道明年杏花再开的时候，这只鸟是否还记得它曾经飞到这里，跟杏花相会过？

这段情节表达了贾宝玉的一种情绪，这种情绪如果用一个词来形容的话，就是惆怅。

什么是"惆怅"？惆怅的意思是因为失意或者失望而伤感、懊恼。惆怅当然不是一种昂扬向上的情绪，但是人在有的时候应该有这种惆怅的情绪，它是一种过渡性的情绪。

人在生活当中要懂得惆怅。在面对现实中的某些情景时，我们偶尔会有一种无奈的想法：眼前这样美好的事物，如果消失了该多可惜啊，可是我有什么办法来防止它消失呢？一时想不出办法，就会因此感到惆怅。这种情绪不应长期地凝滞不消散，但是这种情绪的产生有一个好的作用，那就是它能促使人们去珍惜那些易逝的美好的事物，想方设法去改变这种不美满的状态。所以我们要懂得，在生活当中也好，在阅读文学作品的过程当中也好，要珍视丰富的内心活动。惆怅的情绪不是坏事，那些好的作品往往会引发一种惆怅的情绪，促使你通过这种情绪过渡到一种更积极更健康的情绪。

司棋的姓

　　我倡导阅读，更倡导细读。阅读当中有一个很重要的点，那就是在阅读经典作品时要进行文本细读。

　　文本细读作为一种新的批评方法，盛行于 20 世纪的后半叶，首先在西方出现，由一些文学理论家提出，要真正地把一部作品，尤其是经典作品理解透，就要对它进行文本细读。什么叫"文本细读"？所谓"细读"，就是要细密地研究作品的上下文及其言外之意，它要求批评家注解每一个词的含义，发现词句之间微妙的联系，包括词语的选择和搭配、隐显程度不等的意象组织，等等。我们现在可阅读的文字太多了，纸质书、电子书以及其他种种形式的文本，我们不可能都一一细读，但是对于一些经典作品则必须细读，只有细读才能够有收获。

《红楼梦》就非常值得文本细读，而且细读之后能发现很多有意思的点，每发掘一个这样的点，都将是一次莫大的收获。举个例子，《红楼梦》里面有一个丫鬟叫司棋，她是荣国府里贾迎春的首席大丫鬟，司棋是她的名字，那么她姓什么？

如果细读《红楼梦》就会发现，小说里面的丫鬟，有的交代了姓什么，有的没有交代。比如袭人，书中就交代了她姓花，全名花袭人。而像平儿，这位全书中顶重要的一个角色，却没有交代她姓什么。不是每个丫鬟的姓都予以披露。

说回司棋，她的故事主要有两大段，其中一段是闹厨房。什么叫"闹厨房"？哪里的厨房？又为什么要闹呢？原来，大观园建造好以后，贾宝玉、林黛玉、薛宝钗，包括迎春、探春、惜春、李纨等人就携带着丫鬟、婆子住了进去，那他们怎么吃饭呢？大观园作为一座省亲的别院，本是元妃驻跸关防之处，所以里面并没有设置厨房，不能直接给这些公子小姐们供应饭食。他们都要走出大观园，到王夫人的上房或者贾母住的院子里面去吃饭。来回来去需要走动，春夏还好，一到秋冬，尤其冬天北风一吹，这些娇生惯养的公子小姐们哪里受得了这些。所以后来王熙凤就出了一个主意，她跟贾母和王夫人说，别让这些弟弟妹妹们再在吃饭的时候走来走去了，干脆就在这大观园里头设一个厨房，做好饭菜给他们送去，这样他们吃饭就方便多了。

王熙凤这个主意一出，就得到了王夫人的赞同，说她真疼爱自己的这些弟弟妹妹。当然其中也包括李纨和她的儿子贾兰，他们也住在大观园里。后来王熙凤就派人在大观园的后门那儿，用几间空屋子改造成了一个厨房，派了一个妇女叫柳家的来管理厨房。

什么叫"柳家的"？原来，在那个时代，那些社会地位低的女性很可怜，她们原来可能有名字，也可能只有一个娘家的姓氏，连名字都没有，不管她们原来有没有名字，一旦她们嫁了人以后，别人都怎么称呼她们的呢？就不再用原来的姓氏或原来的名字了，而是嫁给谁就随谁叫。比如说，嫁给了大管家赖大，他媳妇就是赖大家的；嫁给了大管家林之孝，他媳妇就是林之孝家的；嫁给了姓柳的，就叫她柳家的，比她年轻的也可以唤她柳嫂子。

没想到，大观园设了厨房以后，纷争也跟着来了，一些有头有脸的大丫鬟都想掌控厨房，因为只要跟柳家的搞好关系，柳家的不但会按时送去好的饭菜，私下还可以提供一些特殊的供应。比如怡红院有一个丫鬟芳官，原本是贾府请来唱戏的戏班里的一个小戏子，戏班解散了，就把她放到怡红院做贾宝玉的丫鬟，她和柳嫂子关系好，所以有时候柳嫂子就单独为她做一些美食给她送去。

司棋是迎春的首席大丫鬟，她知道了这个情况以后就气不忿儿，因为她跟柳嫂子关系不好，柳嫂子不伺候她，所以她就对柳嫂子有气，于是就想把柳嫂子换掉，让跟自己好的人来管理厨房。

有一次，司棋让底下的小丫头去跟柳嫂子说，让柳嫂子给她炖一碗嫩嫩的鸡蛋羹。没想到这个小丫头去了以后，柳嫂子很不高兴，就回绝说没有，说现在鸡蛋难买，府里面管采买的，到处去找都找不到多少鸡蛋，说"我伺候你们头层主子还不够，还伺候你们二层主子"，就发了几句牢骚。

最后小丫头就和柳嫂子起了冲突，小丫头到处乱翻，结果从一个菜箱里翻出了鸡蛋，于是说了很难听的话，说"你说没鸡蛋，这不是蛋吗？难道是你下的蛋，舍不得让人吃吗？"柳嫂子回嘴，说"你妈才下蛋呢"。《红楼梦》写不同阶层的人物说不同的话，像柳嫂子、小丫头这种府里面地位比较低的人，她们说话比较粗鄙，就这么对话。

这个小丫头回到迎春的住处后，就跟司棋告了状，可想而知，司棋大怒。其实柳嫂子虽然发了顿牢骚，但终究不敢彻底得罪司棋，还是给她炖了一碗鸡蛋羹，也派人送去了。司棋哪里会领情？她接过鸡蛋羹，立刻泼在了地上。等伺候迎春吃完饭，司棋就带了一群小丫头冲到厨房打砸抢，大闹一场。司棋叉着腰，指挥底下小丫头把厨房的东西都扔出去，翻箱倒柜地把菜、肉、蛋都往地上扔，意思就是大家都别过了。柳嫂子就很被动。

后来柳嫂子的女儿柳五儿犯了事，被认为偷偷进到大观园里面去偷东西，被关押起来了，这样就连累到了柳嫂子，她就面临被撤职查办的处境。

那么，谁来替代她掌管厨房呢？因为王熙凤病着，事情都是由王熙凤的首席大丫头——实际上也是府里面很拿权的一个人——平儿来管。平儿就来过问此事。

话说荣国府有两对大管家，一对是赖大和赖大家的，一对是林之孝和林之孝家的。当时就是女管家林之孝家的押着柳家的向平儿来汇报，因为平儿代表王熙凤，代表最高管理机构。作为管家婆，林之孝家的遇到这种事就要向平儿汇报。林之孝家的说，今儿一早押了他来，恐园里没人伺候姑娘们的饭，我暂且将秦显的女人派了去伺候。这就是说让秦显的女人替代柳家的当厨房的头儿。并说，姑娘一并回明奶奶（王熙凤），他倒干净谨慎，以后就派他常伺候罢。

平儿对府里这些事务有一个处理原则，就是多一事不如少一事，不轻易在人事上做变动。平儿就说，秦显的女人是谁？我不大相熟。按说平儿作为一个帮着王熙凤管理府邸的人，对府里这些上上下下的丫头婆子应该都知道，但平儿也许是故意的。林之孝家的就回话，他是园里南角子上夜的。大观园有很多个门，除了正门以外，当然还有后门，还有很多侧门和角门——边边角角的门。由此可见，秦显家的地位非常低微，只是一个角门上夜的。什么叫上夜的？就是晚上守门的人。林之孝家的继续说这个人，白日里没什么事，不太出现，所以姑娘不大相识。秦显家的高高孤拐，大大的眼睛。孤拐就是颧骨，她颧骨很高，眼睛也大。是一个最干净爽利的人。

　　旁边有一个丫头就提醒平儿说，是了。姐姐，你怎么忘了？他是跟二姑娘的司棋的婶娘。司棋的父母虽是大老爷那边的人，他这叔叔却是咱们这边的。平儿这才想起来，就笑着说，你早说是他，我就明白了。

　　很多人读《红楼梦》不细读，哗啦哗啦就翻了过去。其实，像《红楼梦》这种经典作品，你要细读、细品，仔细推敲。《红楼梦》里的人际关系很微妙，贾迎春原来是荣国府贾母的大儿子贾赦的女儿，按说贾迎春应该住在她父母，也就是贾赦和邢夫人那边，但是贾母喜欢女孩子，所以不但把贾迎春接到自己这边来居住，也把宁国府的贾惜春接了来。

大家都知道，宁国府里有一个人姓秦，那就是秦可卿。这个人物在第五回出现，到第十三回就死掉了，但是这个角色引起了人们极大的探究兴趣。我本人研究红楼梦，也是从秦可卿入手。那么，在《红楼梦》里面，除了她和她弟弟秦钟姓秦，还有没有别人姓秦？早期的手抄本《红楼梦》，那个时候一般叫作《石头记》。古本《石头记》起码有两个抄本开头写管家林之孝的时候，写的都是秦之孝，并不姓林。所以古本里是秦之孝和秦之孝家的，这么一对管家夫妇，都做到管家、管家婆了，地位很高了，可是他们很低调，有点儿奇怪。而且荣国府本来就有管家，前面提到过，赖大和赖大家的，为什么要叠床架屋，又出现一对管家？而且一开始的古本说他们姓秦，这都很微妙。

还记得大观园建好时，贾宝玉跟着他父亲贾政及一众清客相公在大观园里面走动。贾政就让贾宝玉给园中各处景观题匾额、对联。后来众人来到了一处景点，有人在贾政身边凑趣，说这个地方景色很好，可以叫作"秦人旧舍"。

宝玉立刻就驳斥说，这越发过露了。"秦人旧舍"说避乱之意，如何使得？细读文本就会发现，这些文字很古怪。

"秦人旧舍"是取陶渊明《桃花源记》的典故，秦朝时天下大乱，有些人就逃到了一个与世隔绝的地方，在那里生存下来，后来他们就"不知有汉，无论魏晋"。所以很显然，"秦"字隐含了一些避难的元素，这样一取的话就"越发过露了"，等于泄露机密了，所以不能出现"秦"这样一个字眼。那个时候秦可卿已经死掉了，但是贾宝玉还这么说。

而到了司棋闹厨房这段情节，曹雪芹就告诉我们，贾府里还隐藏着姓秦的。谁？秦显。居然还有这么一个人隐藏在荣国府的大观园里面，他有老婆——秦显家的，白天躲着人，晚上出来活动，秦显这两口子很低调，以至于连平儿都跟他们不熟。

那么现在答案就出来了。司棋有没有姓？有。秦显家的是她的婶子，父亲的兄弟是叔叔，叔叔的妻子是婶子，这说明司棋是秦显的侄女儿。秦显姓秦，那么司棋的父亲就应该姓秦，当然司棋也就姓秦了。

司棋后来还有另外一段故事，讲她和她的表弟潘又安，两个人自由恋爱，最后双双殉情。这里就不细说了。

一杯茶的伏笔

　　作为一部出现在18世纪的中国古典长篇小说,《红楼梦》很会设置悬念。《红楼梦》的作者曹雪芹有位合作者,叫脂砚斋。他不但负责编辑曹雪芹的原稿,而且还写了很多的批语、评语,他曾说曹雪芹惯用一种手法,叫作"草蛇灰线,伏延千里",也就是善于设置伏笔。

　　《红楼梦》里面充满了伏笔。细读你就能发现《红楼梦》里面的伏笔真是太多了,有小伏笔,有大伏笔,有近伏笔,有远伏笔,现在我说一个远伏笔。在第八回,贾宝玉去看望薛宝钗以后,回到住处——这时还没有大观园,当时贾宝玉和林黛玉都跟贾母住在一起。贾母在荣国府的西边有一个非常宽敞华丽的院落,正房很多间,夏天有凉阁,冬天有暖阁,里面还有碧纱橱，等于是正房有五到七间，里面分割成不同的居住和活动区域。

那么，当时的薛宝钗住在什么地方呢？书里写道，薛宝钗的母亲携着薛宝钗和她的哥哥薛蟠到了荣国府以后，他们一家就住在了荣国府东北角的一个叫梨香院的小院里。

这回就写到宝玉和黛玉先后都到梨香院去了，在那儿喝了酒。他们在梨香院喝酒的时候，贾宝玉的奶妈李嬷嬷就不断地唠叨，劝贾宝玉少喝酒，宝玉对李嬷嬷很是厌烦。

他回到住处以后，还是醉醺醺的，想要喝茶解酒，丫鬟茜雪（茜，读作"qiàn"，红颜色的意思。茜雪，就是红颜色的雪）就捧了一盏茶献给宝玉。宝玉喝了半碗，忽然想起早起的茶来，他就问，早起沏了一碗枫露茶，我说过，那茶是三四次后才出色的，这会子怎么又沏了这个来？茜雪是负责给宝玉沏枫露茶的，她就跟宝玉汇报说，原是留着的，那会子李奶奶来了，他要尝尝，就给他吃了。

枫露茶是一种什么茶？据说是用枫树上刚长出来的嫩芽做成的茶。这种茶拿水沏了以后，一开始不出色，要沏好几道，得三四道以后才出色，喝了才有味儿。这李嬷嬷居然就把留给宝玉的枫露茶给喝掉了，宝玉当场勃然大怒，然后就骂李嬷嬷。当时李嬷嬷已经回自己住处去了，不在贾母这个大院子里。宝玉越骂越生气，而且李嬷嬷做的这类事情还不止一件，宝玉这位贵族公子就说，**撵了出去，大家干净！**

什么叫"撵出去"？在荣国府这种贵族府邸里面，主子们如果觉得这些仆人、仆妇不好使唤了，就可以把他们裁革掉。在府里有一片比较低矮的房屋，作为这些仆人、仆妇居住的宿舍。他们或是一家人居住，或是单身居住。撵出去的意思就是暂且让他们回到居住区，等候发配。

当时贾宝玉正发怒呢，咣当就把手上的茶杯摔地上了，溅了茜雪一裙子茶水。因为贾宝玉和林黛玉是随着贾母居住，贾母的正房虽然很大，前面讲了，可以分割成不同的空间，但是毕竟地砖是连在一起的，这边咣当摔了一个茶杯，声响就惊动了那边的贾母。贾母就过问怎么回事。伺候贾宝玉的丫头很多，为首的一个叫袭人。袭人为了掩饰这件事情，就去跟贾母汇报说，**我才倒茶来，被雪滑倒了，失手砸了钟子。**钟子就是茶碗。

故事写到这里，再往下就没再提撵李嬷嬷了，究竟李嬷嬷被撵走了没有？这就是一个大伏笔。

到了后面，隔了好多回，读者才会发现，李嬷嬷活得好好的，并没有被撵走，她又出现了。她还是那样唠唠叨叨，数落宝玉的丫头们这点不对，那点不对，而且李嬷嬷的叨唠里面还有这样的话，打量上次为茶撵茜雪的事我不知道呢。读者这才明白，宝玉当时要撵的是李嬷嬷，结果没撵成李嬷嬷，谁被撵了？茜雪。

茜雪被撵可能是因为她惊动了贾母。贾母是贾氏宗族的宝塔尖上的人物，是府主的母亲，至高无上，她受惊了，她生气了，就得有人出来担责。李嬷嬷是宝玉的奶妈，是贾府里有资历的"老人"，自然不会被撵，只能由茜雪来顶罪了。

在这回之后，茜雪就再没有出现过，这个人好像消失得无影无踪了。但实际上，曹雪芹写《红楼梦》的时候他是大体写完了的，他写了八十回以后还继续往下写了，后面还有茜雪的故事，只不过八十回以后的手抄本到后来迷失无踪了。

我们现在所看到的《红楼梦》是前八十回加后四十回这样的一个文本。到了18世纪的中后期，北京有个书商叫程伟元，他和一个叫高鹗的文人合作，在他们所找到的手抄本《红楼梦》前八十回后面续了四十回，加起来是一百二十回。在他们续写的后四十回的文本里面，就完全没有茜雪这个名字了，没有她的故事了。

但为什么现在我们可以知道茜雪这个事情是一个大伏笔呢？因为在早期的前八十回的手抄本里面，除了有原文，还有曹雪芹的合作者脂砚斋的诸多批语，他有一条批语就明明白白地告诉读者，茜雪这个角色"至狱神庙方呈正文"。什么意思？就是说，别看她前面没多少故事，而且因为一杯枫露茶就被撵走了，但实际上最后她会再出场，在她出场的那一回，她将成为一个主要的角色，也就是"呈正文"。

那么，那一回是一个什么样的场景呢？批语很明确地说是在狱神庙里面。现在的一百二十回本里没有狱神庙的相关情节出现，但是经过对批语的仔细推敲，就可以知道，八十回后有这样的情节——贾府被皇帝抄家了，彻底地覆灭了，王熙凤和贾宝玉都被抓起来关进监狱了。

清代监狱的结构有一个特点，就是都设有一个小小的狱神庙。是的，监狱还有神仙——狱神。狱神是远古时期的一个传说人物，叫作皋陶。狱神庙供的就是这个人的像。那狱神庙是用来干什么的？我们都知道，古代的监狱是一个很残酷的地方，犯人动不动就要被刑讯拷打，而且有时候还会被处决。但是清朝有这样一个规矩，就是在初一或者十五的时候，允许犯人到监狱附设的小小的狱神庙里面去拜狱神。如果他觉得自己是冤枉的，就可以祈求狱神给他平冤；如果自己不冤，确实有罪，那就祈求狱神的保佑，让他在判刑时能被判得轻一点；如果是死罪，则可以祈求狱神救他一命。

透过脂砚斋的评语我们就会知道，在八十回后，曹雪芹写下了这样的情节——那个时候的贾宝玉已经落难了，他在狱神庙拜狱神的时候，忽然茜雪就出现了，给予他一番安慰。茜雪当年是被冤枉的，都是因为宝玉那公子哥脾气，乱发火，打碎茶杯惊扰了贾母，她才被撵走的。茜雪后来可能成了某个狱卒的老婆，所以能够出现在狱神庙。

茜雪懂得贾宝玉这个人有自身的毛病，他是贵族公子，很任性，枫露茶事件就是他公子哥脾气发作的表现，但是这个人总体来说是一个好人，是一个护花使者，他对青春女性都是很友好的，那天只是一个例外。所以，茜雪并不记仇，当贾宝玉落难以后，她还跑去安慰他。

曹雪芹一个 18 世纪的中国作家，在他的小说里边就很会设置悬念，这比狄更斯、托马斯·哈代、雨果、列夫·托尔斯泰都早很多。

惜春的谶语

　　贾惜春这个人物在《红楼梦》里面不是主要的，但是也绝不可忽略。《红楼梦》写的是京城里面两个王公，造了两座公爵府，一座是宁国府，一座是荣国府，讲这两座府里面的故事。这两个王公都是姓贾的国公的后代。两兄弟为皇帝效劳，立了大功，皇帝就把一个封为了宁国公，把另一个封为了荣国公。

　　贾惜春是属于宁国府的还是属于荣国府的呢？按说她是宁国府的人，在小说开始以后，对宁国府是这么描述的：府主是贾敬，但是贾敬这个人离家出走了，不在宁国府住，跑到城外的道观去跟一些道士鬼混，在那儿炼丹，于是宁国府实际的府主就成了贾敬的儿子贾珍。贾珍跟贾宝玉是同一辈人，他是贾宝玉的大堂兄，同时也是贾氏宗族当时的族长。贾珍有一个儿子贾蓉，贾蓉的媳妇就是秦可卿。那么贾惜春是谁呢？据书里交代，贾惜春是贾珍的胞妹。什么叫胞妹？就是说他们两个不仅同父而且同母，是一母所生。

故事开始以后就说贾惜春也不住在宁国府了，而是在荣国府住，所以第三回写林黛玉进京投靠荣国府，她到了荣国府就见到了贾家的另外三个小姐。贾府中还有一个大小姐叫贾元春，那个时候已经进宫了，到皇帝身边去了，那么当时贾母身边有哪三个小姐呢？一个是贾迎春，贾迎春是贾母的大儿子贾赦的女儿；一个是贾探春，贾探春是贾母的二儿子贾政的女儿；第三个就是贾惜春。贾惜春为什么会在荣国府？书里是这么解释的，说这个贾母作为贾氏宗族的老祖宗，很喜欢女孩，所以她把所有亲眷中的女孩子都拢到自己身边来抚养，就把宁国府的贾惜春也接了过来。

在第三回中，读者可借林黛玉的眼睛来观察贾惜春。贾惜春外形如何？身量未足，形容尚小，还是一个没有发育完全的女孩子。如果读得仔细你就会有疑问——贾惜春是贾珍的胞妹，就是说她也是贾敬的女儿，贾敬好像也没生别的儿女，但这对兄妹的年龄未免相差得太远了。书里所描写的贾珍不仅比贾宝玉大，甚至比贾琏也大，是三十多奔四十这么一个男子。而另一边，贾惜春比林黛玉还小，从第三回出场的描写来看，也就不到十岁。贾敬怎么会只生了一儿一女，而且大儿子和小女儿之间空白这么多年？而在整部小说的前八十回里面，没有交代过贾敬妻子的情况，正妻是谁？有没有姨娘？一概没有交代。

关于贾惜春的个人命运，书里面通过第五回的太虚幻境的册子进行了暗示。

贾宝玉在第五回里面做了个梦，梦见自己到了天上的太虚幻境，遇到了一个唤作警幻仙姑的女神。警幻仙姑带着他在太虚幻境里面游逛，最后来到一座宫殿前，殿门头挂着一块匾额，上面写着"薄命司"三个字。贾宝玉就走进去随便乱看，只见有很多大橱柜，有个橱柜上写的是"金陵十二钗正册"，他打开橱柜看见里面有一本册子，翻开以后里面一边是一幅画，一边是一些文字，这些文字叫作判词。这个正册里面就记录了金陵地区十二个拔尖的女子的情况，通过图画和判词预示了她们的命运走向和最终结局。贾惜春就是这十二个女子之一。

那么，正册中关于贾惜春的那幅画是怎么画的？*一所古庙，里面有一美人在内看经独坐*，就是说一座古庙里面有一个美女在独自坐着读佛经。旁边的判词是怎么说的？*勘破三*

春景不长，缁衣顿改昔年妆。可怜绣户侯门女，独卧青灯古佛旁。第一句出现了"三春"的字样，有人认为"三春"是指惜春的三个姐姐，据我个人的观点，这是一个时间概念，"三春"指代三年。这句话就是说，整个贾氏宗族，宁国府也好，荣国府也好，故事开始以后，他们的好日子只有三年，三个春天过去之后，好景就不能够持续下去了，不能长久了。

贾氏宗族的繁盛不能长久，那贾惜春这个贾府的小姐的命运又该如何呢？"缁衣顿改昔年妆"，她就把当年那种华丽的服装换掉了，换成了缁衣，也就是黑颜色的僧衣。这句暗示她最后去当尼姑了，于是判词接着就发出"可怜绣户侯门女，独卧青灯古佛旁"的感叹。"绣户"就是锦绣人家的意思，"侯门女"，说她出身侯门。"侯门"只是一个泛指的称谓，其实她家的爵位比侯爵还高，是公爵。她是宁国公的后代，住的宅邸非常豪华，穿戴都是刺绣的，华美之极。这样一个女子，最后很可怜。怎么可怜？家破了，宗族一些人也亡了，她成了一个尼姑，晚上伴着青灯古佛独卧。

第五回接着写贾宝玉在太虚幻境内游逛得累了，于是警幻仙姑就指挥一些天上的仙女——有伴奏的，有合唱的，还有随着音乐跳舞的——给他举办了一场演出，演奏的曲子名曰《红楼梦》十二支曲"，其中有一曲就是来揭示贾惜春的命运的。

　　十二支曲里面关于贾惜春的唱词和金陵十二钗正册上关于贾惜春的画以及判词的内容是相契合的，其中有一句是**将那三春看破，桃红柳绿待如何？**贾惜春很早就有觉悟，她知道这个家族的好日子顶多不过三年，别看眼前桃红柳绿，一片欣欣向荣，其实很快就会家破人亡，各自去寻找自己的出路。书里秦可卿临死给王熙凤托梦，并赠有两句偈语（偈语就是一种暗藏玄机的预言性的话语）：**三春去后诸芳尽，各自须寻各自门。**这恰恰暗合了册页里关于贾惜春的图画、判词以及十二支曲当中关于贾惜春的那一支曲的内容。"各自须寻各自门"，贾惜春的"门"是空门。

　　贾惜春在前面很多回里面都只是一个陪衬性人物，但到了第七十四回后半回，曹雪芹专门来写她。当时王夫人一怒之下抄检了大观园，抄检完之后就造成了一些丫鬟的悲惨命运，像怡红院的晴雯就被撵了出去，最后悲惨地死去了。这场风波也波及惜春，她的丫鬟叫入画，抄检大观园的时候从入画的箱子里搜出一些男人的用物，抄检者认为那些东西是赃物，入画虽有辩白，到底是落了嫌疑。

　　此时，贾惜春主动要求她的嫂子——贾珍的妻子尤氏——到她的住处来一趟，尤氏就去了。底下一段描写很耐人寻味。惜春对尤氏说，这些姊妹，独我的丫头这样没脸，我如何去见人。昨儿我立逼着凤姐姐带了他去，他只不肯。凤姐姐指的就是王熙凤，她是荣国府管事的，惜春让王熙凤把入画带走，也就是撵走，王熙凤不肯。现在尤氏来了，惜春说，嫂子你来了，你就把她带回宁国府去，或打，或杀，或卖，我一概不管。

尤氏觉得入画没有什么大罪过，入画的箱子里搜出来的东西，是她哥哥拿给她的，她哥哥是贾珍的小厮，原是贾珍赏了些东西给她哥哥，他既得了这些赏赐物，自己身为一个小厮，无处存放，就偷偷让人运到荣国府来交给自己的妹妹入画，托她暂时存放着。所以尤氏一看，说这些东西自己都认得，实是你哥哥赏给入画哥哥的，当然私自传递东西不对，可是这也不是什么大错，入画从小跟着你，服侍你这么多年，你别因为她犯了一点儿错，就非要把她撵出去，干吗要这么绝情？

底下的描写让历代读者非常吃惊——

惜春说，不但不要入画，如今我也大了，连我也不便往你们那边去了。况且近日我每每风闻得有人背地里议论什么多少不堪的闲话，我若再去，连我也编派上了。

尤氏一听这话不对头，就说，谁议论什么？又有什么可议论的！姑娘是谁，我们是谁。姑娘既听见人议论我们，就该问着他才是。

惜春却冷笑着说，你这话问着我倒好。我一个姑娘家，只有躲是非的，我反去寻是非，成个什么人了！还有一句话：我不怕你恼，好歹自有公论，又何必去问人。古人说得好，"善恶生死，父子不能有所勖助"，何况你我二人之间。我只知道保得住我就够了，不管你们。从此以后，你们有事别累我。

惜春这段话很古怪，我在央视《百家讲坛》的讲座里面，有一回专门就此作了分析，大家可以找来听，我的解释仅供参考，你也可以作出你的解释。且说尤氏听了惜春的话以后就说，可知你是个心冷口冷心狠意狠的人。惜春还嘴说，古人曾也说的，"不作狠心人，难得自了汉"。我清清白白的一个人，为什么教你们带累坏了我！

贾惜春为了自己的清白，在贾氏宗族覆灭之前，就离府出家去做了尼姑，她宁愿过一种孤独的、贫苦的生活，也要把自己从贾氏宗族中剥离开来，所以《红楼梦》里的贾惜春也是一个薄命的女子，她的悲剧值得我们深入去探究、去理解。

夹道里的故事

　　在读《红楼梦》的时候，总有人搞不清书里面的空间结构，我简单地介绍一下。第三回写林黛玉从江南坐船到了运河的码头，下船坐轿子来到了宁国府和荣国府所在的宁荣街。轿子由东向西而行，先路过的是宁国府，再往西是荣国府，林黛玉的轿子没有进荣国府的正门，而是去了荣国府西边，那里另有一个门。从西边角门进去以后有一个院子，接着就到了一个垂花门前。什么叫"垂花门"？这是中国古典建筑里面一个很重要的建筑形式，旧时宅院分为前院与内院，以垂花门和院墙相隔，外院多用来接待客人，而内院则是自家人生活起居的地方，外人一般不得随便出入，这条规定就连自家的男仆都必须执行。旧时人们常说的"大门不出，二门不迈"，"二门"即指垂花门。垂花门的形态如何？在分隔内外院的门上面有很大的木结构的门罩，那个门罩是宫殿屋顶式样的，它的两边会有下垂不接地的柱形部分，木柱底部雕成花，所以叫垂花，由此可见垂花门是一种很华丽的建筑形态。

进入这个垂花门以后，是一个非常漂亮的大院子，这里就是贾母的住处。书里写林黛玉见了贾母之后，紧接着就去拜见她的大舅，也就是她母亲的大哥贾赦。领她去的是贾赦的夫人，唤作邢夫人。书里交代得很明白，贾赦和邢夫人并不住在荣国府，他们住在荣国府东边一个黑油大门的单独院落里面。所以，在宁国府和荣国府之间，还另有一个黑油大门的院子，这座院子就是贾赦的住处。这座院子实际上是用荣国府的花园隔断出来的。

林黛玉接着又去拜见她的二舅贾政。贾政和王夫人住在什么地方？他们住在荣国府，而且住在荣国府中轴线上的主建筑群中最重要、最堂皇的房屋里面，那间正房里挂着一个由皇帝亲手给贾家题写的有金龙盘绕装饰的大匾额，写着"荣禧堂"三个字，还有一副非常高档的在名贵木材里面抠了槽、嵌上银子做成的银对联。这个地方叫荣禧堂，连着周围的几间正房、耳房、厢房、抱厦等，是贾政和王夫人——

他们是荣国府的府主——居住的地方。

贾政的大女儿贾元春进了宫，得到皇帝的宠爱，被晋封为凤藻宫尚书，加封贤德妃，当了皇妃。后来皇帝恩准她回家省亲，为了迎接她，贾氏宗族就专门在荣国府里面建造了一座高级园林，命名为大观园。

大观园的位置在整个荣国府的东北部，是把荣国府原来东北边的一些仆人居住的群房拆了，把宁国府西北边的一些园林圈进去，再加以扩张，这样建成的一座美丽的园林。

许多故事就发生在这些主要的空间里，比如贾母的大院子，荣禧堂以及周边的一些房屋，贾赦和邢夫人的居所等。总体而言，《红楼梦》里宁国府的着墨不算多，写荣国府就比较细致，细致到什么程度呢？细致到连夹道都作了描写。

什么叫夹道？拿荣国府来说，它当中是中轴线，分布着主建筑群，正中就是荣禧堂。贾政和王夫人所居住的这样一个好几进的大院子，和贾母住的西边的大院子之间，隔着一条夹道，而这条夹道挺有特色，它的北边有一座粉油的大影壁。什么叫影壁？影壁俗称照墙，它一般放在门内或门外正对大门，起到遮蔽或装饰的作用。

这座影壁后面有一个小院落，供贾琏和王熙凤夫妇居住。贾琏是贾赦的儿子，王熙凤也就是贾赦和邢夫人的儿媳妇，她同时还是王夫人的侄女儿，所以王夫人就把她请到荣国府来管理家务，贾琏和王熙凤两个人成了荣国府的管家、管家婆。由于贾琏怕老婆，大权就落在了王熙凤——府里面的下人称她为二奶奶——手里。

贾琏夫妇居所所在的这条夹道里面发生了很多故事。这里我举两个例子。

书里面有一个青年男子，名叫贾芸，贾芸从血统上来说是荣国公的后代，但是荣国公的后代众多，每一支的发展状况不尽相同，比如贾政这一支，传到他这儿就很体面，他不仅继承了荣国府这个大宅第，当上了府主，还在朝廷当了官，娶了王家的阔小姐为妻，过得很神气，他还生下了贾珠、贾元春、贾探春、贾宝玉、贾环等子女，可谓子嗣繁盛；但是另有一支就衰落了，衰落以后传到贾芸这儿。贾芸比宝玉晚一辈，和书里面写的贾蓉、贾兰等人是一辈的。贾芸家穷到什么地步呢？他的父亲没了，母亲守寡，母亲跟他只能寄居在一个庙宇的廊下。

过去大庙除了正殿以外，两边还有厢房，厢房前头有走廊。这些厢房有的就出租给一些比较穷的人家，这种廊下的厢房收的房钱不多，而且有时候庙里面的住持发善心，还会免收房费。故事里贾芸就和他的母亲住在一个庙宇的西厢房里面，称为"西廊下"。

在《红楼梦》里，贾芸是一个不容忽视的人物，不可小觑，如果你读《红楼梦》，不去注意贾芸这个角色的话，那你就白读了。贾芸家比较穷，他就想方设法去改变自己和母亲的生活状况，于是他经常跑到荣国府去找机会。他是有资格进入荣国府的，论起来的话，他和荣国府的这些人在血统上是同宗的，不但同宗，而且没出五服，也就是说五辈之内是血缘很近的。但是，他没有什么机会见到贾政、王夫人，甚至见到贾琏和王熙凤的机会也不多。不过，他很聪明伶俐，他会逮机会。书中曾写到，有一次贾芸就在夹道里面遇见了贾琏和贾宝玉，当时底下的仆人给宝玉备马，宝玉干吗去呢？他遵贾母之命要出府去给大老爷贾赦请安（贾赦病了）。贾琏和宝玉正说着话，贾芸不知从哪个屋檐底下走出来迎了上去，给宝玉二人请安。

这时候，宝玉就纳闷：这人是谁？宝玉是一个只知道享荣华富贵的贵公子，虽然他和府里面那些女孩子相处得很好，但是对于被他视作"须眉浊物"的男子，他不怎么注意，所以他不认识贾芸。一旁的贾琏是府里管事的，当然认识贾芸，就说他是后廊上住的五嫂子的儿子芸儿。宝玉就跟贾芸说了句玩笑话，说，你倒比先越发出挑了，倒像我的儿子。

贾琏就笑了，对宝玉说，好不害臊！人家比你大四五岁呢，就替你作儿子了？宝玉不过是句玩笑话，贾芸却立刻就逮着了机会，说，俗语说的，"摇车里的爷爷，拄拐的孙孙"……如若宝叔不嫌侄儿蠢笨，认作儿子，就是我的造化了。

贾芸比贾琏和宝玉要晚一辈，宝玉那一辈的贾家男子取名从"玉"字，贾芸这辈的贾家男子取名则都是草字头，像李纨的儿子贾兰，"兰"的繁体字原来也是草字头，后来简化了，不是草字头了，这个且不去管它。

什么叫"摇车里的爷爷，拄拐的孙孙"？这说的是，在一个大的家族里，往下繁衍几代以后，有时候会出现年龄与辈分错位的现象：有人辈分很大，但是他只是个婴儿；有的人辈分很小，却已是风烛残年。摇车是过去一种育儿的工具，类似摇篮。

此处可以看出贾芸的聪明乖觉，宝玉抛出一句玩笑，他就顺杆儿爬——你说我像你儿子，没关系，我愿意。

贾芸就逮着认宝玉做干爹的机会，以干儿子的名义混进了大观园，混进了怡红院，到宝玉那儿做了一次客。而且贾芸也是在夹道里面等到的王熙凤。因为王熙凤整日处理府里的事务，有时候她会带着一群丫头婆子，从夹道北头的粉油影壁后头转出来，到王夫人或贾母的院子里去商量事情。这天，王熙凤刚从粉油影壁后头转出来，贾芸就逮着机会迎了上去，向王熙凤献媚。王熙凤当时都不拿正眼看他。可是贾芸不以为意，他知道王熙凤正在准备端午节的一些节礼，需要用到麝香和冰片，他就事先准备好了一个匣子，盛了冰片，双手捧着弯着腰献给王熙凤。他为什么要这样做？因为他想从王熙凤那儿谋得一个差事，后来王熙凤果然给了他一个差事。什么差事？大观园造好以后需要耐心地经营，需要在里面补种一些花草树木。他作为本家，王熙凤就给了他一个在大观园里面补种花草树木的差事。贾芸领了这个差事以后，可以从府里面的账房领到一大笔银子，除去采购树苗、花苗以及雇一些工人来栽种的开销以外，剩下的就归他了。

所以在《红楼梦》的故事空间里面，不要忽视夹道。在夹道里还有一些其他相关的故事，你可以对《红楼梦》进行文本细读，把它们找出来加以品味。

金陵十二钗花语

　　我在央视《百家讲坛》讲《红楼梦》已经过去十多年了，但是我对《红楼梦》的研究并没有止步于此，我还在不断地作新的研究。这两年我又推出了一本"研红"的新著，就是《金陵十二钗花语》。"金陵十二钗"是曹雪芹在《红楼梦》里面独创的一个概念。在第五回太虚幻境的薄命司里，有金陵十二钗正册、副册和又副册，将金陵地区的翘楚女子每十二个编为一组，一共三组，《红楼梦》这部书就是写这些青春女子的故事的。

　　金陵在《红楼梦》里面是一个宽泛的地域概念。金陵当然首先是指南京，南京有一个别名就是金陵。但《红楼梦》里的金陵的概念比较大，北边的扬州、镇江都被划在金陵的概念里面，再加上南边的无锡、苏州，乃至于杭州，都泛称为金陵。《红楼梦》里面的这些女子，她们的原籍都在这个地理范围之内，所以她们被叫作"金陵钗"。"钗"是一种指代，古人喜欢用"裙""钗"这类女子的衣物首饰来指代女性。

这些青春女子的生命就像花朵一样，作者有意为每一个女子找出一种花，和其相对应，所以读《红楼梦》的一大趣味便是去探究金陵十二钗的每一钗究竟和什么花相对应。

首先我们就来探讨一下金陵十二钗正册里面的十二个女子：她们分别和什么花相对应呢？什么花是她们生命的象征呢？

先说林黛玉，跟林黛玉相对应的花是芙蓉花。芙蓉花有两种，一种是水域里面的荷花，荷花也可以叫作水芙蓉。那么，象征林黛玉的花是水芙蓉吗？如果你进行文本细读，就会发现答案是否定的，象征林黛玉的花是另一种芙蓉——木芙蓉。木芙蓉是陆地上的一种木本植物，它开的花也叫芙蓉花。木芙蓉可以说是正宗的芙蓉花。

在《金陵十二钗花语》里面，不但有关于林黛玉的性格、命运归属的探讨，有她和芙蓉花之间的对应关系的探讨，也有植物学上的很多介绍，比如水芙蓉和木芙蓉的区别。

那么，薛宝钗呢？象征薛宝钗的花在书里面说得很清楚，是牡丹花。牡丹花象征着雍容富贵，薛宝钗一心想步贾元春的后尘，希望能靠选秀女进宫，能到皇帝身边去，能得宠，所以用象征富贵的牡丹花来和她呼应是很恰切的。当然了，薛宝钗的愿望后来全落空了，就好像硕大的牡丹花到头来都要凋谢一样。

从金陵十二钗正册的排名往下捋，林黛玉和薛宝钗是并列的，然后是贾元春。象征贾元春的花是石榴花。石榴花有两种：一种石榴花开得很艳丽，但是最后结不出石榴果；另一种最后能够结成石榴，石榴里面有很多的石榴籽。书里面写贾元春进了宫，侍奉在皇帝身边，要想进一步获得皇帝的宠爱，必须具备一个条件，那就是得给皇帝生育，而且要生男孩。书里第五回通过关于贾元春的那幅画和判词暗示，她一度是有希望给皇帝生育的。她的判词里面有一句叫作*榴花开处照宫闱*，就是说她已经开花了。宫里面为什么会种一些石榴树？那是因为皇帝希望他的后代繁衍得特别多。石榴多籽，所以石榴象征着多子多福。她这朵石榴花后来有没有结出大石榴呢？并没有。她虽然可能怀孕了，却没能够为皇帝生育，最后是一个非常悲惨的命运。

象征贾探春的是什么花呢？是杏花。关于杏花，有一句古诗叫"日边红杏倚云栽"。从这句花语来看，探春还是比较幸运的，最后能有一个似乎是高升的前景。但读到后面我们知道，贾探春嫁到外藩去做王妃，成为一个政治工具被送去和亲了。乍看起来好像命运还好，但是她从此回不了家，因此也是薄命的、悲苦的。

再说说史湘云，象征她的花是海棠花。有人说史湘云不是醉卧芍药裀吗，她应该是和芍药花关系密切才对呀。是的，书中是有这样的美丽场景，但是到头来象征她的是海棠花。朱砂海棠，是一种非常清新、优美、活泼的鲜花。史湘云后来的命运在书里面有暗示，她开头嫁了一个丈夫，婚姻还算美满，但是没多久她就成了寡妇，可以说很悲惨。

书中的妙玉，象征她的是什么花呢？红梅花。书中花了很大的篇幅描写了这样一段故事：下雪了，妙玉所住的栊翠庵里面红梅盛开，李纨罚联句"落了第了"的宝玉去向妙玉讨要红梅，而妙玉不但很高兴地给了宝玉一枝美丽的红梅，还分给大观园里面这些小姐们每人一枝红梅，书中还有这些小姐们吟诵红梅诗的情节。白雪红梅，象征妙玉表面上是一个脱俗的没有感情的冰雪般的人儿，但实际上她心里面却有着红梅一般的热情。

象征贾迎春的花是茉莉花。书中有一处写迎春独在花荫下，用花针穿茉莉花，在那一刻，她懦弱的生命在宇宙中获得了十足的尊严。

至于贾惜春，她后来成了尼姑，入了佛门，所以象征她的花是一种佛教所尊崇的树木上的花——婆娑树的花。

可能会有部分读者猜不到，象征王熙凤的花竟是黄花。书里有一回写王熙凤在宁国府一边走一边观赏景色，看到黄花满地——这是她的一个象征。她就好比是黄花，乍看花开遍地，很富贵，很华丽，但是不等秋风来就都会枯萎，她最后很凄惨地死去了。

王熙凤的女儿巧姐也是金陵十二钗正册里面的一钗，巧姐跟什么花相呼应呢？答案是佛手花。书里面写了巧姐和刘姥姥这个乡村老太带去的一个小孩板儿之间交换东西。开头巧姐手里抱着一个又香又圆的大柚子，板儿手里有一个佛手，后来两个人交换了。读者也可以想象一下巧姐捧着佛手的画面。最后整个贾氏家族蒙难，她母亲都被逮起来关进监狱了，这时候刘姥姥出手救了她。因为她曾经捧着一个佛手，得到了佛力的保护。她长大以后嫁给了板儿，成全了一段姻缘。

李纨是贾宝玉的哥哥贾珠的媳妇，但是贾珠在故事一开始的时候就死掉了，李纨成了一个寡妇。李纨就以抚养儿子贾兰为她生命的主轴这样生存下去，象征她的花就是老梅花。一株很古老的梅树上的花，代表着古朴、坚守。

这是金陵十二钗的第十一钗了，第十二钗是秦可卿，象征秦可卿的花是桂花。书里面有一个暗喻，秦可卿和两句诗相契合——"桂子月中落，天香云外飘"。这就暗示秦可卿的出身未必寒微，她可能是宫中的遗血。当然我这个观点还可以讨论，仅供参考。

所以，金陵十二钗正册的十二个女子都有相应的花跟她们呼应，每个人都有自己独特的花语。书里面还明确地写出了其他一些角色的花语，其中一个就是被收入在金陵十二钗副册中排第一位的香菱，与她相呼应的花是菱花，也叫菱角花，是水域里面的一种水生植物开的花。

在金陵十二钗又副册里面排第一位的是晴雯，跟她相呼应的花是凤仙花。排第二位的是袭人，跟她相呼应的花是桃花。

另外，书里面特别写到，怡红院里有个丫鬟叫麝月，在怡红院里众女子给贾宝玉祝寿玩抽花笺时，她抽中的花笺上是荼蘼花。关于荼蘼花，有一句古诗叫"开到荼蘼花事了"，意思是春天很多花陆续开放，而一旦荼蘼花开放了，就说明春天所有的花都开完了，春天就要过去了。《红楼梦》就是通过这样一种象征告诉我们，所有这些女子都是薄命的，春天一过去，她们就会纷纷谢落，所以《红楼梦》是一曲青春女性的挽歌。

写男不写头，写女不写脚

通读全书，你会发现在《红楼梦》里，除了贾宝玉以外，其他男性角色基本上没描写过他们的发型和头饰。清朝时候，男子发型统一为前额剃光，后面的头发编成辫子垂在脑后，也有商人会戴瓜皮帽——一种形状像西瓜皮的帽子，讲究的会在瓜皮帽上面镶嵌一块玉石之类的。《红楼梦》里没有男士的辫子、瓜皮帽之类的发型或装饰出现，同样也没有官帽的描写。

书里怎么写宝玉的发型的？且看这段：

……宝玉即转身去了。一时回来，再看，已换了冠带：头上周围一转的短发，都结成小辫，红丝结束，共攒至顶中胎发，总编一根大辫，黑亮如漆，从顶至梢，一串四颗大珠，用金八宝坠角；身上穿着银红撒花半旧大祆，仍旧带着项圈、宝玉、寄名锁、护身符等物；下面半露松花撒花绫裤腿，锦边弹墨袜，厚底大红鞋。越显得面如敷粉，唇若施脂，转盼多情，语言常笑。天然一段风骚，全在眉梢；平生万种情思，悉堆眼角。看其外貌最是极好，却难知其底细。后人有《西江月》二词，批宝玉极恰……

这里可以看出，宝玉的发型明显不符合清代男子发型的规制，如果他是清朝人，他本应是一个大亮脑门，如今他却是一转短发，结成小辫。这是作家为他心爱的角色贾宝玉设计的一个发型。

清朝入关后，对男子下了剃发令——留发不留头，留头不留发。明朝男子不去发，成年后盘在头上，明朝男子画像均头戴帽子，就是为了将头发箍起来。曹雪芹写《红楼梦》是在乾隆时期，可是他写男子刻意避开发型，唯一的例外是贾宝玉这种独特的发型。

作者为何要规避描写其他男性的发型呢？因为，作者在一开头就写道，朝代年纪，地舆邦国却反失落无考，因此虽然贾府男子众多，但他们梳不梳辫子，戴不戴帽子，作者一概不写。曹雪芹的祖上是汉族，当时明朝的版图涉及关外，明朝有一些关内的人士因为生活所迫等原因，就移居到了关外。曹雪芹的祖上就是这种情况。那时东北地区有满族，这个民族全民皆兵，虽然人数比汉族少，但是发展得很快。满族分八旗（正黄、镶黄、正白、镶白、正红、镶红、正蓝、镶蓝），他们想推翻明朝的统治，可是他们人少，于是就俘虏了很多关外的汉人，曹家祖上就是被满族正白旗俘虏的，成了包衣（满语"奴才"的意思）。早期八旗打仗很辛苦，所以对包衣比较看重，等于是共同作战，在同一战线上。后来李自成带领农民起义，明朝的崇祯皇帝倒台。而李自成他们也没有守住山海关，清兵冲进紫禁城后，开始向全国推进，迅速占领了全国。清兵入京后的第一任皇帝是顺治皇帝，封了曹家祖上正白旗的地位。后来八旗分了等级，正白旗属于煊赫的上三旗之一。

曹雪芹的祖父曹寅是江宁织造，负责给皇宫供应纺织品。康熙的教养妈妈姓孙，她是曹寅的母亲。教养妈妈从小负责养育教导皇子，等康熙长到读书的年纪，曹寅就成了康熙的陪读。康熙当了皇帝后，曹寅就成了近身侍卫之一。曹寅因为血统的原因无法被封作高官，只担任织造这样一个不高的官职，但是很多巡抚都忌惮他，因为曹寅实际上是帮助康熙监督各地方官僚的人，他可以给康熙写密折。他的政治背景让很多人敬畏。

康熙六次南巡，四次是住在曹寅家。有一次，在萱花盛开的季节，康熙又来到曹寅家，连孙妈妈也出来跪迎，康熙免了她的礼，说："此乃吾家老人也。"意思是这是咱们家的老一辈，并大笔一挥，给织造府题了一块匾额叫"萱瑞堂"，因为萱花代表母亲。这种恩赐别的地方官员都没有。

　　因此，曹雪芹既有贵族身份的自豪感，也有血统上的自卑感，他的内心是很纠结的，贾府是曹家的投影，他不愿轻易下笔将贾府的男性写成汉族或满族男子的形象。

　　在明代，汉族女子是需要缠足的，写女性必然会写到脚，写到三寸金莲。而《红楼梦》则鲜少写到女性的脚，只有几处写到三寸金莲。如写晴雯有次在床上打闹：**那晴雯只穿着葱绿院绸小袄，红小衣红睡鞋，披着头发，骑在雄奴身上。**只有缠足的女性需要穿睡鞋。有侧面透露缠足的，如写尤二姐进贾府：**贾母细瞧了一遍，又命琥珀："拿出手来我瞧瞧。"鸳鸯又揭起裙子来。贾母瞧毕，摘下眼镜来，笑说道："竟是个齐全孩子，我看比你俊些。"**还有一次直接出现"金莲"字样，写尤三姐戏要贾珍、贾琏二人：**这尤三姐松松挽着头发，大红袄子半掩半开，露着葱绿抹胸，一痕雪脯。底下绿裤红鞋，一对金莲或翘或并，没半刻斯文。**

　　到了清朝，满族妇女是天足，而汉族女子缠足，所以作者在一些主要女性角色身上并不明确地写出她们的脚是天足还是缠足，同样是因为他在民族认同和主仆身份认同上的内心纠结。关于主仆身份认同，从第四十五回赖嬷嬷来请贾母、王夫人、王熙凤等人参加她孙子赖尚荣的赴任宴的一番话可以看出来——你（赖尚荣）今年活了三十岁，虽然是人家的奴才，一落娘胎胞，主子恩典，放你出来，上托着主子的洪福，下托着你老子娘，也是公子哥儿似的读书认字，也是丫头、老婆、奶子捧凤凰似的。长了这么大，你那里知道那"奴才"两字是怎么写的！只知道享福，也不知道你爷爷和你老子受的那苦恼，熬了两三辈子，好容易挣出你这么个东西来。从小儿三灾八难，花的银子也照样打出你这么个银人儿来了。

这里是借赖嬷嬷的话，吐露出作者内心的痛苦和挣扎：曹家虽然过着锦衣玉食的生活，但哪里是什么主子，分明是皇家的奴才。

曹雪芹是如何从这些挣扎中超脱出来的呢？主要是通过塑造人物，通过贾宝玉这个人物形象来突破满汉民族的界限（他那不明确朝代的发型），突破主奴阶级的界限（他对所有青春女性的一视同仁），发出了"世法平等"的呼唤，实现了一种浪漫的想象。

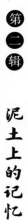

第二辑

泥土上的记忆

呼兰河的悲欢

古今中外，人类优秀的文学作品极少有，甚至可以说几乎没有去歌颂富人的。一般来说，作者的心思都向被侮辱与被损害者倾斜，向弱者、失败者倾斜。也就是说，传递人与人之间的同情心，是优秀的文学作品的一个共同点。

一提到同情心，我就想到一位20世纪的女作家萧红，她在世的时间很短暂，三十岁出头就去世了，但是她留下的文学作品却非常优秀。她最好的文学作品就是《呼兰河传》，呼兰河是她的故乡东北的一处地方，她的这部作品饱含深情地回忆了故乡的人和事。

她写当时这个地方的生者之生、死者之死，人们的生活是混沌的、愚昧的。比如她写到，在街上有一个大泥坑，冬天的时候冻上了，这样车马和人走过还不至于出什么事儿。但是一到夏天，泥坑化冻了，有的车马一路过就陷进去了，有的人或动物不小心滑进去就会被污泥吸进去，就死掉了。

虽然街上有这么一个大坑，给周围的人带来各种麻烦和危险，但是出于一种惰性，没有人出面来解决这个问题。年复一年，大坑冻了又化，化了又冻，化开以后就不断地吞噬着车马和人命。萧红很沉重地写到这些情况，以第一人称回忆童年的角度来写这部小说。

在《呼兰河传》里面，她讲到邻居里面有一个小媳妇叫小团圆媳妇（即童养媳），她夫家对待她非常残忍，公婆不把她当人，只是当作一个使唤的劳动力。按说，就算只把她当作劳动力，他们也应该维系她的劳动力，但他们荒谬到什么程度呢？非打即骂，有时候吊起来打，打完以后全然无所谓，继续驱使她做这做那。后来他们觉得小团圆媳妇中了邪，说要驱邪，怎么驱？就拿一个大水缸，灌上滚烫的开水，把她提起来搁进去，说是经过滚水的灼烫，就能够给她驱邪。

萧红用第一人称写道，她目睹了当时那个情景，驱邪得连烫三次，头两次烫得小团圆媳妇死去活来，但总算没死。那小团圆媳妇又一次被放到了滚烫的热水缸里面以后，居然在微笑。最终，她吱哇乱叫一通以后，就活活地被烫死了。

这是多么沉痛的社会生活图景啊!

萧红的一支笔继续描写,又写到他们家隔壁有一个磨房,有一个推磨的磨工,人们叫他冯歪嘴子。那个年代,农民种出小麦或者稻子以后,经常需要送到磨坊去磨成面,冯歪嘴子就是在磨坊里面给那些有钱人磨面的人。

冯歪嘴子的年龄一天天增长,他成了一个健壮的男子,但是他娶不上媳妇。后来他收留了一个流落的女子,他们两个相爱,自主地结合在了一起。这个媳妇还为他生了孩子,他们的日子穷得不行,新生的婴儿放在什么地方呢?就搁在稻草窠子里,像大鸟孵出小鸟那样的一个情景。可是冯歪嘴子在这样贫困的情况下依然顽强地谋生存,人们都认为他养不活这孩子了,可是他不去想这些,历经千辛万苦,也要把自己的后代养大。

所以,《呼兰河传》既描写了被侮辱、被损害的弱者和贫穷的劳动者身上悲剧性的一面,也描写了冯歪嘴子那种生存的毅力。像冯歪嘴子这类人,他们不但要冲破别人对他们的剥削、压迫、侮辱和损害,还要在那种情况下努力地维持自己的尊严。作为独立的生命个体,他们和命运抗争,顽强地生活下去。

如果你到现在还没有读过《呼兰河传》的话,建议你去读一读，它能够进一步让你的心向善，向弱者倾斜，让你产生同情心。同情心是人类心灵当中最宝贵的一种品质。如果一个人完全丧失了同情心，说老实话，他就一定是一个坏人了。

读了《呼兰河传》这样的作品，你就会形成这样一些认知。首先是这个世界很大，到处都有生命。在20世纪上半叶，呼兰河有很多的人，很多的生命在那里生存。他们当时的生存是愚昧的，那么大一个烂泥坑，就让它年复一年地存在着，每年夏天都会有车马和行人掉到烂泥里面死掉，他们却没有改变现实的决心，甚至连这种想法都没有，就这么浑浑噩噩地活着。

这样的描写会引出一种惆怅的心绪。人们为什么要这样生存，就不能够活得更有尊严一点，就不能够把自己的生活环境加以改善吗？

通过这个作品，我们也可以了解到，在世界上有许多人活得很不容易，像小说里面写到的小团圆媳妇，作为一个被侮辱、被损害的生命，她最后被活活地害死了；像冯歪嘴子，虽然他非常顽强地带着自己的儿子在社会上生存，可是在他面前也还没有出现改变他和他儿子命运的曙光。

我们今天生活得很幸福，回过头来我们想一想，在过去的时代，有那么多人生活得很不好，我们应该从中理解到，20 世纪，我们的民族、我们的国家在历史进程当中，为什么会有革命，为什么会有改革。

《呼兰河传》没有写到革命，也没有写到改革，但是它所呈现的那种停滞的社会画面和那些悲惨的被侮辱、被损害的人的故事，在我们心里播下了种子，让我们懂得，对于这种愚昧的、落后的局面要予以改变，要打破，要让大地上的人们有一种新的生活；让我们懂得，在社会发展进程当中要不断地调整，要改革，要去掉那些愚昧庸俗、人对人的压迫和侮辱，要呼唤所有人都能过上平等的有尊严的生活。

孙犁的革命柔情

革命者是否应该具备柔情的一面？我的答案是肯定的。虽然总体来说革命就好比是狂飙的疾风暴雨，但是革命者完全应该具有一种对平凡生命的呵护和柔情。

有一个作家非常具有代表性，他就是孙犁。孙犁在 20世纪的抗日战争时期、解放战争时期写了很多作品，晚年也写了很多作品。他早期的作品曾出现在中学语文课本里面。孙犁是一个革命作家，他能够把革命写出诗意，所以读他的作品是一种享受。

他有一部长篇小说叫《风云初记》，写的是河北大平原上普通的民众投入抗日战争的故事。孙犁是河北衡水安平县人，那个地方过去很穷苦，但是他对他笔下的故乡充满了情感。

他有一篇文章里面提到，在故乡有一条小溪，溪水欢快地流动，其实那不是什么了不得的风景，可是经他一写就充满了感情。他写抗日，你看他怎么写的。在《风云初记》这本书里面，他写了一对青年男女，男的叫芒种，女的叫春儿，有一段他是这样写的——

今天，芒种去打水饮牲口，春儿在堤埝上低着头纺线，纺车轮子在她怀里转成一朵花，她的身子歪来歪去。芒种直直地望着，牲口把水喝干了，用嘴把梢桶挑起来，当啷一声，差一点没掉到井里去，春儿回过头来笑了。

芒种望着天河寻找着织女星。他还找着了落在织女身边的、丈夫扔过去的牛勾槽，和牛郎身边织女投过来的梭。他好像看见牛郎沿着天河慌忙追赶，心里怀恨为什么织女要逃亡。他想：什么时候才能制得起一身新人的嫁装，才能雇得起一乘娶亲的花轿？什么时候才能有二三亩大小的一块自己名下的地，和一间自己家里的房？

半夜了，天空滴着露水。在田野里，它滴在拔节生长的高粱棵上，在土墙周围，它滴在发红裂缝的枣儿上，在宽大的场院里，滴在年轻力壮的芒种身上和躺在他身边的大青石碌碡上。

这时候，春儿躺在自己家里炕头上，睡的很香甜，并不知道在这样夜深，会有人想念她。她也听不见身边的姐姐长久的翻身，和梦里的热情的喃喃。养在窗外葫芦架上的一只嫩绿的蝈蝈儿，吸饱了露水，叫的正高兴；葫芦沉重的下垂，遍体生着像婴儿嫩皮上的茸毛，露水穿过茸毛滴落。架上面，一朵宽大的白花，挺着长长的箭，向着天空开放了。蝈蝈儿叫着，慢慢爬到那里去。

这就是革命作家笔下，抗日战争当中，一对华北平原上的最平凡的小伙子和小姑娘的生活。这样的情景、这样的文字是不是浸透着柔情，浸透着诗意？

宣扬抗敌爱国的文艺作品，一味堆砌口号，作用是有限的。孙犁写到在春儿所住的屋子外面的葫芦架上"一朵宽大的白花，挺着长长的箭，向着天空开放了"，这样的文字不禁让我们感叹，好可爱的家园！这样的土地，这样的人们，甚至于这样的葫芦架，这样的"挺着长长的箭，向天空开放"的葫芦花，这样的蝈蝈儿，都是那么可爱。

我们为什么爱自己的国家，爱自己的家园？就是因为这些我们离不开的土地，这些露水，这些瓜秧，这些瓜花，乃至于这些陪伴我们度过童年岁月的蝈蝈儿。正因为我们爱它们，不容敌人来蹂躏、霸占，我们才会投身到抗敌的洪流当中去。这样诗意的文字胜过空喊一万句保家卫国的口号。因此，革命和散文、革命和诗是紧紧地联系在一起的。

孙犁还有一些其他的非常好的作品，比如他有一篇叫作《秋千》的短篇小说，写的什么呢？他写土地改革。在20世纪的那个历史阶段，是一次非常有必要的民主革命，它实现了耕者有其田。当时很多文学艺术家都投身到这场革命当中，分别写下不同的作品，像我们耳熟能详的有丁玲的《太阳照在桑干河上》、周立波的《暴风骤雨》等。孙犁写土改，写得跟他们都不一样，他有自己独特的角度——人道与人情。

土地改革中，在分土地的时候，要给每个家庭划成分，哪些是地主，哪些是富农，哪些是中农，哪些是贫农。地主和富农比较好划，因为他们占有大量的土地，他们雇佣别人为他们耕种，他们是剥削阶级，需要把他们多余的土地没收，分给穷苦的贫农。但中农和贫农就不是很好划分了，而且中农和富农，如果要严格地划分，也不是件简单的事。《秋千》这篇小说就描写村里面在热火朝天地进行土地改革，但是孩子们并不是很清楚，他们还在村外的一棵大树下一起荡秋千。其中一个小姑娘家的成分处在一个不知道该怎么划分的状态，土改工作组为把他们家划为富农还是划为中农费尽了心思。

土地改革当中出现过一些过火过头的情况，在历史的洪流滚滚向前的时候，这是难免的。孙犁本身就是一个参与土地改革的共产党员，他通过手中的一支笔，表达了这样的主题——牵扯到人的问题，一定要慎重。因为这个成分定了以后，就不光是家里大人的问题了，他们的孩子也会受到牵连。所以当这群孩子在一起荡秋千的时候，其他女孩子都很高兴，因为她们家里被划为了贫农，贫农就能分到土地，只有这个女孩子闷闷不乐，她家究竟是划为富农还是划为中农，好多天都没有定下来。

孙犁通过自己的作品，主张在革命里面要讲革命的人道主义，牵涉到阶级划分的问题，要慎之又慎。最后他就写到，这个女孩子家终于没被划成富农，而是划成了中农，中农就和贫农是同盟军，不是敌对方。这个女孩子就又高高兴兴地继续和其他女孩子一起在大树下荡秋千。

这篇小说写得非常好，体现了孙犁这位作家在革命进程当中的人文关怀，对人的关怀。他没有直接对土改当中那些过火过头的行为进行批评与批判，而是通过荡秋千的构思——秋千一会儿左，一会儿右，象征着不确定性，还象征着人的命运，人也是这样在左右摆动中经历人生——描写这个姑娘的心情和命运，最后他有意让她摆脱了命运中的阴影，体现了作者对革命当中人道主义的柔情的一面的呼唤。直到今天，我仍觉得孙犁这样的作家和他笔下的作品，值得我们当下的作家借鉴。

山村里的新生

当代作家林斤澜，你听说过吗？读过他的作品吗？他和汪曾祺是同代人，他俩都去世了，也都留下了好作品。林斤澜曾与汪曾祺被并称为"文坛双璧"，汪曾祺现在比较热，他的作品确实好，值得读，我就不再重复推荐了。反观林斤澜，他就有点儿被冷落了，其实他的作品一样好，只是好得跟汪曾祺不一样，风格不一样。他的风格比较特殊，比较怪异。

早在 20 世纪五六十年代，他就曾大量地发表短篇小说，他的写作以短篇小说为主，所以内行都称他为"中国的契诃夫""短篇小说圣手"。他的短篇小说怎么个好法？当年茅盾在好多人对林斤澜不看好的时候，就站出来肯定了林斤澜，他说林斤澜的短篇小说懂得如何渲染，懂得怎样故作惊人之笔，以营造氛围。

　　现在，我们就一起来欣赏一篇林斤澜发表在 20 世纪 60 年代初的短篇小说《新生》。《新生》讲的是一些好人好事。有些读者一听作品是写好人好事的，就会说："又是写歌颂性的文字，没劲。"反之，另一种人一听说作品有写到社会生活的阴暗面，也觉得不好："我们的社会、我们的生活总体来说这么好，你为什么要去写阴暗面？"这两种极端的看法我都不赞同。对待我们置身其中的社会生活，我个人认为，好处可以说好，坏处可以说坏。好处说好的目的是让我们的社会进一步向好；指出坏处，包括指出伤痕，目的是消除害处，治愈伤痕，使我们的社会机制更加健康。所以，简单地主张歌颂或是简单地否定揭露，都不是一种科学的态度。

　　现在就来说一说林斤澜这篇《新生》。这是一篇歌颂性的作品，它写了什么故事？

　　在北京远郊的深山老林里面，有一个偏僻的村庄，那里有一个孕妇难产了。20 世纪 60 年代距离现在已经很久了，交通没有现在这么方便，医疗供给也没有现在这么好，所以产妇的接生就成了一个很大的问题。

那个时候没有手机，只有座机，偏远的深山老林要跟山下的镇子沟通，是一件很困难的事。这个村里就只有一部手摇的座机。

难产的产妇躺在屋子里痛苦地呻吟，眼看就要不行了，村里人知道山下的公社有一个老大夫医术高明，曾经到过村里行医，给大家留下了很好的印象，于是就赶紧用座机联系公社。但是，老大夫年纪大了，上不了山，这时，一个年轻的大夫自告奋勇，替老大夫上山。这个年轻的女大夫才二十来岁，从学校学完产科技术没多久，临床经验不是很丰富，现在这种情况也只能硬着头皮上。但是，她要上山也很困难，还好一路上遇到很多人学雷锋做好事，这个年轻的女大夫得到这些人的帮助，历尽千辛万苦，终于上了山。林斤澜是这么写的：

谁知到了后半夜，一声喊叫，一支火把，那二十来岁的姑娘大夫，戴着眼镜，背着药箱，真是仿佛从天上掉了下来。人们还没有看个实在，就已经钻到屋里去了。往屋子里钻时，还绊着门槛，虽说没有跌跤，却把眼镜子摔在地上，碎了。

山村里的人们一则以喜，一则以惊。喜的是终于来了救命的大夫，惊的是怎么不是老大夫，而是一个小姑娘，而且小姑娘一进屋就把她的眼镜摔碎了，这可怎么办？小说继续写：

人们定了定神，想起老大夫没有来，新媳妇躺在那里，只有出的气没有进的气了。

林斤澜确实像茅盾先生所说，他会渲染，会用惊人之笔，会营造氛围。你看下面这段描写——

半夜一阵暴雨。只见雨水里，几个上年纪的妇女，招呼着几个小伙子，悄悄地喘着气，抬着木头来了。生产队长惊问："怎么就要做这个了？"小伙子们不作声，上年纪的妇女光说："做吧，做一个使不着的，冲冲喜，消消灾。"提出这老辈子传下来的厚道的心愿，她们有些不好意思哩！队长心想："防备万一，也好。"就不说什么了。

这段文字里面没有提到这些妇女招呼小伙子们抬木头来究竟要做什么，但是稍微想一想我们就能明白，是做棺材。过去有一个带封建迷信色彩的说法，就是在人快死的时候，做一口棺材，兴许就能把死神给冲走了，人就活了，所以叫"冲冲喜"。小说里面生产队长应该是反对迷信的，可是碍于乡里乡亲，这些上了年纪的妇女也不是坏心眼，他就不再阻拦了。

底下接着写道：

那新媳妇的男人，是一个高身材的小伙子。山里人不爱刮脸，这时脸色煞白，胡子黑长。雨水浇透的衣服，贴在紧绷绷的肌肉上。那浑身上下，有的是山里人的倔强。一声不响，抢过斧子，猛往木头上砍。"空"呀"空"的，使劲砍哪使劲地砍。

我和林斤澜在1980年到1986年间，同是北京市文联的专业作家，他比我大，所以我称他为林大哥。我们俩一起聊过他这篇《新生》，我说："你这段写得太好了，这段描写产生了电影感。"山村里的丈夫举起斧子砍棺材木头的声响，跟屋里头难产的妇人的呻吟声、嘶喊声交织在一起，屋里是新媳妇简直活不下去的痛苦呻吟，屋外是这个沉默倔强的小伙子挥斧砍木头"空""空"的声音。

这个小伙子当然不希望他的媳妇死去，他借着砍木头来体现自己对她的爱，对她的保护，这个时候他也愿意相信如果这样来"冲一冲"，也许能够解除他媳妇的危难。

我还跟林大哥说："你这一段我除了有电影般的联想以外，我甚至想把它改编成一幕歌剧，布景就是山村的景象，小屋子里面灯光摇曳，产妇发出痛苦的呻吟，也不知道年轻的大夫能不能够把这个孩子接生下来，妇女们组织一些小伙子抬来了木头，丈夫就'空'啊'空'地砍木头，这不就是爱与死的抗争吗？我认识一个有才华的作曲家，可以请他谱曲。"我觉得这样的演出应该是很动人的，画面是中国山村，人物是充满乡土气息的一些山民，山村里的丈夫不停地挥斧劈木，屋子里头不断传出痛苦的呻吟。甚至可以像古希腊悲剧那样有歌队出场，可以设计五个穿希玛纯长袍的男歌者，五个穿紫色希顿的女歌者（希玛纯是古希腊男子的一种长袍，希顿是古希腊女子的一种特殊服装）。

我读过罗念生翻译的古希腊戏剧，比如索福克勒斯的《俄狄浦斯王》，里面的主人公俄狄浦斯弑父娶母，他没想到自己亲手杀死的那个人是他的父亲，也没有想到自己娶的妻子居然是他的母亲。当悲剧结局呈现的时候，他把自己的双眼刺瞎了，自我放逐。

这个时候古希腊歌剧的歌队就发挥作用了，两边上场的歌队男女合唱出了这样的一些语句——

这苦难啊，叫人看了害怕！我所看见的最可怕的苦难啊！可怜的人呀，是什么疯狂缠绕着你？是哪一位神跳得比最远的跳跃还要远，落到了你这不幸的生命上？

哎呀，哎呀，不幸的人啊！我想问你许多事，打听许多事，观察许多事，可是我不能望你一眼；你吓得我发抖啊！

山村接生的场面也可以有歌队，在丈夫砍木头和产妇痛苦嘶叫的声音之间，歌队做出这样的咏唱。

小说的结局是这么写的——

不够一顿饭工夫，姑娘大夫竟能使钳子，把小人儿巧巧地钳了出来，母子平安。石头房子里，新生命吹号一般，亮亮地哭出声来时，男人们一甩手，扔了斧子锯子，妇女们东奔西走，不知南北。有的跌坐井台上，一时间站不起来了。

这时候视角转向得救的新媳妇的丈夫——

新媳妇的男人脸色转红，连胡子也不显了。看见姑娘大夫走到门边，掏出巴掌大的小手绢擦汗。那男人跳到鸡窝跟前，探手抓出一只母鸡，不容分说，连刀都顾不得拿，拧断了鸡脖子，随手扔在姑娘大夫脚边，叫道："你有一百条规矩，也吃了这只鸡走。"

山村村民得益于这个姑娘大夫的医术，感谢的方式如此粗犷狂放，写得多好啊！所以不要以为歌颂性的作品就一定逊色或没有艺术性。

林斤澜的这篇小说写于 20 世纪 60 年代，大背景其实是毛主席号召大家向雷锋学习。林斤澜晚年写他老家浙江温州风情的"矮凳桥风情"系列小说中有一篇《溪鳗》，写得非常好。所以，我建议大家要读冷书，不要再冷落林斤澜了，不要再冷落他的作品了，他的短篇小说实在太好了，人民文学出版社出版有《林斤澜文集》，大家可以买来读一读。

温州有溪鳗

　　林斤澜林大哥是一个"短篇小说圣手"，他写的小说主要是从自己的生活经历、生活感悟当中提炼素材。同时，他又博览群书，从古今中外的优秀文学艺术当中汲取营养，所以他的作品有很深的文化内涵。

　　林大哥是浙江温州人，我跟随林大哥去过温州，在他的指点下领略了温州的风情，跟北京大不一样。他晚年还推出了以他家乡为背景的"矮凳桥风情"系列小说，把他独特的艺术个性推向了极致。

　　这"矮凳桥"说的是他温州老家那边的一条小河上的一座桥，这座桥的造型很简单，像一个长条的矮凳子，所以就被命名为矮凳桥。这一系列小说写的就是矮凳桥周边的一些普通人，写他们的生死歌哭。

"矮凳桥风情"系列中有一篇叫作《溪鳗》。在当地的溪水里面，有一种鱼叫作溪鳗，滑溜溜的，把它捕捉上来以后可以制作美食。当地不像我们北方那样简单地把鱼做熟来吃，他们可以用鱼肉做成鱼丸，还可以用鱼肉做成鱼松，有很多种花样。溪鳗就是做鱼丸、鱼松等鱼类美食的一种非常好的食材。小说大体上写了三四个人物，林斤澜采用的叙述方式不是平铺直叙，而是貌似平铺直叙，但里面穿插了很多闪回——对多年前的一些事情的回顾，使读者读来要动点脑筋，一边饶有兴趣地读这些文字，一边不断地在头脑里面盘算这些人物之间究竟是什么关系。

矮凳桥边有一个小馆子，专卖鱼丸、鱼面，里面有一个女老板，年纪已经不算小了，中国话叫作徐娘半老。她请来了一个书法很好的邻居给小馆子取名字，写一些书法作品张贴起来。

在这两个人互动的过程当中，就出现了另外一个人物，这是一个已经中风偏瘫的人，说话呜噜呜噜的，说不清楚，但是女老板对他非常好，显然他们是一对夫妻。女老板风韵犹存，身体还很好，精神很健旺，和人聊起天来谈笑风生，但是她丈夫却是这种情况。

看了这个开头，你或许会觉得不足为奇，再往下看，你就会发现文章里有一些巧妙的闪回——

女老板当年是一个被人遗弃在矮凳桥边的"野种"，不知道她的父母究竟是谁，只知道他们把她遗弃在小溪边上了，所以后来这个女子就被叫作溪鳗，就像溪水里的野鱼似的。作者也不仔细地笨拙地去写这个女孩子被谁捡了，怎么长大的，中间的过程一概省去，却能让你感受到这个女子很不容易，在那样一个小地方长大成人，而且很会做生意，在还没有改革开放，不允许私家经营的时候，她就悄悄地卖鱼丸、卖鱼松、卖鱼面，是一个生命力很顽强的女子。

作者又写到当地有一个干部，干部后来当了镇长，他原来是一个很强悍的男子，很威严强壮，但是后来在仕途上蛮坎坷的。干部和溪鳗之间是有过节儿的，因为干部当了镇长，在没有改革开放的时候，他要对这种私下的商业活动加以禁止，所以他曾经在镇里的会议上公开批评溪鳗，或者叫作批判，甚至比批判还厉害，最后他很气愤，就谩骂，说溪鳗：*来历不明，没爹没娘，是溪滩上抱来的，白生生，光条条，和条鳗鱼一样。身上连块布，连个记号也没有，白生生，光条条，什么好东西。*小说里面后来有一个很重要的情景，在历史发展进程当中，镇长倒霉了，没权了，沦落了，但是镇长却私下里和溪鳗好上了。这也是很正常的，人都是有情感的，两个原本对立的人在同一个空间里面生存，一来二去就有可能会逐渐地改变对对方的看法，甚至产生情感。下台的镇长和溪鳗之间就是这样微妙的关系。

有一天，这位下台的镇长好不容易得来了一条溪鳗，便拿一个篮子提着，盖上毛巾……他往哪儿走？他喝醉了，稀里糊涂地就走到了矮凳桥上头。注意底下林大哥的描写——

镇长一哆嗦，先像是太阳穴一麻痹。麻痹电一样往下走，两手麻木了，篮子掉在地上，只见盘着的溪鳗，顶着毛巾直立起来，光条条，和人一样高。说时迟，那时快，那麻痹也下到腿上了，倒霉镇长一摊泥一样瘫在桥头。

这段表面上是写一个没落的干部，他因为贪杯酒后在矮凳桥上突然中风瘫痪，可是作者用了象征性的写法。这条鱼原本是盘在篮子里的，是一条两尺长的鳗鱼，两尺长显然是一条大鱼，但是离人的高度还是差得很远。可是他写镇长产生了幻觉，觉得篮子里盘着的鳗鱼挺直了，立起来了，把毛巾顶起来了，与人一样高，光条条的。这段实际上在写什么？聪明的读者就读懂了，这是在写那个叫溪鳗的女子。镇长一直爱着这个女子，这个女子也接纳了镇长，所以当镇长中风全身麻痹的时候，产生这样的幻觉是非常正常的。而且，这段描写也可以理解成在这个关键时刻，这个女子赶巧到了矮凳桥上，并发现镇长瘫痪了，此处的幻觉实际就是她本人。

再回到小说一开头那个场景，改革开放以后，私人经营合法了，女老板很高兴，请人来写书法作品挂起来，而这个时候出现了一个瘫痪了的坐在轮椅上的人，话都说不清楚，可是女老板还是把写好的书法作品拿给他看，让他欣赏，还问他写得好不好。所以这篇小说有多重含义：它写了改革开放前后市场的变化，对小商小贩小经营者的管控政策的变化；写了干部队伍的建设在历史发展当中有浮有沉，与人民之间有着微妙的关系，不打不成交——前镇长批判了偷偷做生意的溪鳗，而溪鳗觉得他很英武、很阳刚，他们之间有吸引力，于是走到了一起；还写了爱情，一方瘫痪了，但是另一方的情意并没有瘫痪，继续爱他、照顾他。

这篇小说的文字也非常美，比如有一段写矮凳桥下的溪水——

这时正是暮春三月，溪水饱满坦荡，好像敞怀喂奶、奶水流淌的小母亲。水边滩上的石头，已经晒足了阳光，开始往外放热了；石头缝里的青草，绿得乌油油，箭一般射出来了；黄的紫的粉的花朵，已经把花瓣甩给流水，该结籽结果的要灌浆做果了；就是说，夏天扑在春天身上了。

…………

那汪汪溪水漾漾流过晒烫了的石头滩，好像抚摸亲人的热身子。到了吊脚楼下边，再过去一点，进了桥洞。在桥洞那里不老实起来，撒点娇，抱点怨，发点梦呓似的呜噜呜噜……

林斤澜不但将人物写得很生动，场景写得很生动，连穿插的写景，文笔也非常优美，所以我再一次建议读者们去读林斤澜的作品。

月牙儿的苦悲

　　我的《钟鼓楼》出版以后，得到了一些评论者的肯定，有些评论者把我的《钟鼓楼》划归到京味小说的概念里面去。所谓的京味小说，就是用北京话写出来的有北京味的小说。

　　若论起京味小说，泰斗是老舍。作家老舍离世距今已有半个多世纪了，他留下来的优秀作品有很多。

　　曾经有一个说法在 20 世纪末和 21 世纪初流传得很广，说在 1968 年诺贝尔文学奖评奖机构（瑞典文学院）已经定下来要把奖项颁给老舍，后来打听到他已经去世了，才把那一年的奖项颁给了日本的川端康成。

　　对于这个说法，很多人坚信不疑，因为老舍的作品确实很出彩，而且其作品的各种翻译本都有，英文的、法文的、德文的，也有瑞典文的，它符合得奖的条件，也有人会给他提名，所以这个说法一度被认为是真的。但是，瑞典文学院也有一个游戏规则，就是过了50年以后，会把50年前那一年的评奖的全部资料加以公布。老舍是在1966年过世的，从2018年瑞典文学院公布的1968年评奖的种种资料来看，无论在开始的长名单还是后来的短名单里面，都没有老舍。所以说，关于老舍错失诺贝尔文学奖的这个说法是不成立的。

这个说法能流传得这么广，也说明很多中国人把诺贝尔文学奖看得非常之高，甚至把它看成是衡量作家作品的一个至高无上的标杆，其实大可不必。老舍作品的伟大，绝不会因为他没有得到这个奖项而损失分毫。

老舍有几部作品特别有名，其一是《四世同堂》，篇幅比较浩大，多卷本，这个作品后来一度被改编成了电视连续剧，影响就更大了。另一部广为人知的长篇小说《骆驼祥子》，同样非常精彩，后来拍成了电影。还有他晚年写的一部自传性的作品，可惜没有写完，叫《正红旗下》。老舍是满人，根据满族的制度，所有满人被编制在八旗之下，八旗有上三旗和下五旗之分，正红旗属于下五旗，老舍家祖上就属于正红旗满族。在清兵入关、明朝灭亡后，清朝在北京正式建都，建都后的第一个皇帝是顺治皇帝，他就在北京划片区，把八旗的这些人分在不同的地区驻扎下来。老舍家祖上的正红旗就划在了西城一处地方，他家住的胡同的名字非常好听，叫百花深处。

另外，他写了很多话剧剧本，最出彩的就是《茶馆》，有些读者可能去现场看过舞台演出或是看过话剧的录像。这个剧本后来也被改编成了电影和电视剧，还被收入过高中教材。

以上就是老舍几个特别出彩的作品，但实际上他的作品有很多。我推荐老舍的两个比较短的作品，建议大家去阅读：一篇叫《微神》，另一篇叫《月牙儿》。

《月牙儿》也拍成了电影，说起这部作品还有一段故事。老舍原来写了一部长篇小说叫《大明湖》，他一度在山东济南居住，济南有一个湖就叫大明湖。这部长篇小说完稿后，没想到在搬家过程当中遗憾地丢失了。作家是最怕遇到这种事的。过去写作都是手写，如果手稿丢了，那就需要重新写，这就好比现在用电脑写作，电脑出现故障，因为没有及时保存，再打开电脑一看，打出来的好多字都丢了，那真是很沮丧的事。但是老舍是一个热爱写作的人，是一个有顽强意志的人。手稿丢了，他就把其中一部分内容回忆起来，重新提笔书写，写成一部篇幅比《大明湖》要短一些的小说，就是《月牙儿》。

在这部小说中，他写了一对穷困的母女，在女孩的父亲死了以后，女孩的母亲想了好多办法谋生，她先给人洗衣服，手皮都洗破了，也挣不了多少钱，甚至都养活不了自己和女儿。

母亲决定改嫁，看看能不能改变生活境遇，结果改嫁以后也不行，只好做妓女了。这是在控诉旧社会，因为旧社会制度不好，这种不公才严重，逼着一个良家妇女最后不得不通过卖身去活命。这个女儿在经过种种挣扎之后，没有办法也成了一个妓女，而且还不是那种妓院里的妓女，属于暗娼，是有被巡警抓去的风险的。

这部作品是以女儿的第一人称和视角来写的，浸入了作者对那些被侮辱、被损害的生命的同情和怜悯，文字非常好，现在我把其中一些片段摘录出来供大家阅读欣赏——

妈妈整天地给人家洗衣裳。我老想帮助妈妈，可是插不上手。我只好等着妈妈，非到她完了事，我不去睡。有时月牙儿已经上来，她还哼哧哼哧地洗。那些臭袜子，硬牛皮似的，都是铺子里的伙计们送来的。妈妈洗完这些"牛皮"就吃不下饭去。我坐在她旁边，看着月牙，蝙蝠专会在那条光儿底下穿过来穿过去，像银线上穿着个大菱角，极快的又掉到暗处去。我越可怜妈妈，便越爱这个月牙，因为看着它，使我心中痛快一点。它在夏天更可爱，它老有那么点凉气，像一条冰似的。我爱它给地上的那点小影子，一会儿就没了；迷迷糊糊的不甚清楚，及至影子没了，地上就特别的黑，星也特别的亮，花也特别的香——我们的邻居有许多花木，那棵高高的洋槐总把花儿落到我们这边来，像一层雪似的。

一个贫困的女孩子，她从哪儿求得安慰呢？只有挂在天上的月牙儿。所以月牙儿在小说里面是一个象征，贯穿全篇。

后来她的母亲实在是没办法了，只好改嫁——

多么凑巧呢，离开我们那间小屋的时候，天上又挂着月牙。这次的月牙比哪一回都清楚，都可怕；我是要离开这住惯了的小屋了。妈坐了一乘红轿，前面还有几个鼓手，吹打得一点也不好听。轿在前边走，我和一个男人在后边跟着，他拉着我的手。那可怕的月牙放着一点光，仿佛在凉风里颤动。街上没有什么人，只有些野狗追着鼓手们咬；轿子走得很快。上哪去呢？是不是把妈抬到城外去，抬到坟地去？那个男人扯着我走，我喘不过气来，要哭都哭不出来。那男人的手心出了汗，凉得像个鱼似的，我要喊"妈"，可是不敢。一会儿，月牙像个要闭上的一道大眼缝，轿子进了个小巷。

这些文字非常凄美，但你应该注意到一点，因为作者写《月牙儿》的背景不是北京，所以他没有用北京话来写。因此，笼统地说老舍是一个京味小说开创者当然不错，但是如果你死心眼儿，认为他每一篇作品都是同样一种写法，都是用老北京话塑造出来，那就不对了。他很会写小说，既然不是写北京，他用的就是和北京话有距离的另一种语言。

　　老舍是含冤而死的，我们今天怀念他的最好的方式就是阅读他的作品。他得没得过诺贝尔文学奖是一件完全不必去计较的事情，他的作品活在无数读者的心中，这比什么奖项都更光荣，更重要。

为农民写作的作家

　　浩然在 20 世纪 60 年代的后期，成为中国最有名的一个作家。他的长篇小说《艳阳天》在 1964 年出版以后大受欢迎，20 世纪的"40 后""50 后"和"60 后"这批人，凡是读书识字的，基本都读过浩然的《艳阳天》，它形成了一代人的记忆。他在出版了《艳阳天》以后，成为北京市文联的专业作家，那段时间他很活跃。那个时候《北京日报》有一个副刊，每隔几天或者每隔几周就会发表一整版他的短篇小说，那组短篇小说的影响也很大。

　　1966 年下半年到 1970 年，几乎所有的写作者都不能够继续写作了，浩然也不例外。到了 1970 年末，浩然恢复了他的写作，开始写《金光大道》这部作品，并在 1972 年出版了第一卷，同样很轰动。而且，在那个时期，《艳阳天》和《金光大道》先后拍成了电影，放映以后大受欢迎。

我跟浩然第一次接触是在 1975 年左右，那个时候我是北京出版社文艺编辑室的一个编辑，有一次和一位老编辑一起到浩然家里去拜访。记得当时他住的那个地方在北京月坛附近的一个单元楼里面。进了他家后我就惊讶地发现，在他的书房的书架上，书不是特别多，但是他自己指着书架告诉我们，他把 1949 年建国以后的所有公开出版的农村题材的小说，包括短篇小说集、中篇小说和长篇小说全收集齐了，他自豪地说："一本都不落。"

我仔细一看，发现他的书架上面确实按出版的顺序陈列着建国以来的所有农村题材的作品，我心里就明白了，这是一个热爱写作、热爱农村，而且愿意从别人写农村题材的书里面汲取营养的勤奋的作家。

有处细节留给我的印象特别深刻，当时他刚想办法得到了一本 50 年代出版的写农村的长篇小说。说是长篇小说，其实是薄薄的一本，书名叫《第一犁》。农村春耕，老牛拉犁，第一犁也就意味着春耕刚刚开始，这本书的作者是李方立，后来我也见到了这位老作家。这本书我到现在也没有读过，但是它给我留下的印象很深刻，主要是当时浩然很兴奋，他说他原来没有这本书，好不容易得到一本以后，发现这本书有点破损，书脊上面的封皮纸有点开裂，他当时一边跟我们说话，一边就拿一把牙刷蘸了一些糨糊来修补这本书，很耐心地把它粘好、刷平，放在书桌上晾着，等晾干以后再收进他的书架。这是一个多么令人感动的细节！他爱书，爱写农村题材的书，他愿意一辈子在农村里生活，写反映中国农村生活的书。而且，他为人很谦和，是一个浑身散发着农村庄稼气息的写作者。

1974年，浩然被派到南海体验生活，他被要求快速创作一部写西沙自卫反击战的小说。浩然是一个写农村题材的作家，长期在北方生活，一下子交给他这么个任务，对他来说困难是很多的，但是他飞快地写出了《西沙儿女》这本书。虽是应特定的政治任务而作，但这本书仍有可取之处。一是这本书里面出现了很多只有南方才有的植物和地方特色，说明他写这本书下了很多功夫，收集了很多相关的资料；二是他为了避免因为不熟悉南海的生活，写出来会比较生涩枯燥，于是就采取了散文诗的写法，最终出来一个很特殊的文本———部抒情的散文式的，而且像诗一样的长篇小说。这也说明他真是一个挺能写的人。

那个时期有一个说法叫作"一个作家，八个样板戏"，这个说法其实是片面的，因为在"文革"后期，有不少作家，特别是新生代的一些写作者，出版了一些小说、诗歌、散文。就样板戏而言，除了原来的八个样板戏以外，增加了一些新剧目，还出现了一些各地排演出来的不被称作样板戏的舞台演出，也拍了一些新的电影。但是不管怎么说，人们对那个时期"四人帮"实行文化专制主义的文艺政策有意见。"一个作家，八个样板戏"里的"一个作家"指的就是浩然，也只有他当时是得到充分肯定的。但是他的辉煌时期并不长。到了1976年10月份，"四人帮"被逮捕，政治形势发生了根本性的变化。

1976年5月，人民出版社还给浩然出版了一整套他的照片和反映他的社会生活情况的图片。这些图片发行到全国各地，供给各地宣传栏，就是那种有玻璃框的宣传栏，人们路过的时候可以停下来阅览。这对他的肯定的确是达到无以复加的地步了。但是，没等这些关于他的图片资料被广泛地展示在各地的玻璃橱窗里面，"四人帮"就被抓起来了，他随之就不那么被人肯定了。

我记得在1978年，中国作家协会恢复了建制，北京市文联也恢复了正常的工作。当时北京市文联召开了一次代表大会，会议地点在北京的工人体育场，那是一个圆形的建筑，但它很大一部分其实是一个宾馆，举办运动会的时候运动员和教练可以住，非运动会期间也可以租给各种不同的会议代表住。当时北京市文联就安排与会的人士都住在工人体育场的宾馆里面，工人体育场旁边还有一个大礼堂，会议就在大礼堂里面召开。我记得在那次会议上，浩然就比较狼狈，因为当时北京市文联有一些作家，特别是老作家，觉得自己十年当中完全不能写作，而他可以获得充分的写作自由，《金光大道》郑重出版，改编成电影到处播放，所以对他有意见。特别是他的《西沙儿女》出来以后，大家都觉得是阴谋文学，所以当时广东的《广州文艺》复刊以后不久就刊登了批判浩然《西沙儿女》的文章，有些人说这是广州发射了一枚导弹。不过，我们这些中间作家对他是有好感的，对他写《西沙儿女》是理解的。有的作家就说了，"要是当时领导让我去写，我也会去写"，认为彻底否定浩然是不对的。

对于会上几乎一边倒的批评，浩然的脸色很难看，会议中途休息的时候，我和浩然在厕所外面一个长条的洗手池边遇上了。浩然当然不理我，我当时本想跟他多少说几句安慰的话，可是我知道他不需要我的同情，他也不会接受我的安慰，我就没说出口。

改革开放以后，文坛形势发生了很大的变化，我成了一名新时期文学的发端作品的写作者，我和浩然之间就出现了一条鸿沟。当时北京市文联有一个非常好的作家林斤澜，他在1979年把王蒙、刘绍棠、从维熙、浩然等作家都请到他家里去，大家吃一个文学团圆饭，因为那个时候有人对浩然很鄙视，持完全否定的态度，而我们这些人则认为那样对待浩然是不公正的，所以那天大家在一起聚餐的时候还挺高兴的，浩然当时心情好像也挺舒畅。但是不管怎么说，他和一些同龄作家，特别是和我这样的作家之间，内心还是有一些隔阂的。你想啊，他原来是写那样的作品的，现在出现了伤痕文学、反思文学，确实是他一下子接受不了的。但是浩然让人感动的地方在哪里呢？他仍然热爱写作，热爱农村，后来他就在三河安家，继续深入农村生活，而且他不故步自封，他在新的形势下写出了反映新的农村面貌的长篇小说《苍生》。

《苍生》这部作品大家可以找来看一看，它体现了一个作家面对新时代、新生活，去努力拥抱，努力理解，努力反映的一种写作态度和精神。《苍生》后来拍成了一部电视连续剧。在第三届茅盾文学奖评选过程当中，浩然本来抱很大希望，因为他蓬勃过一段，后来又倒霉过一段，所以他希望在文坛上能东山再起，如果茅盾文学奖能够授予《苍生》的话，对他而言将会是一个很大的激励。可没想到，《苍生》最终还是落选了。当年第三届茅盾文学奖评奖的时候有一部长篇小说获奖，叫《第二个太阳》，读者朋友可以拿来跟《苍生》对比一下，我个人觉得《苍生》比《第二个太阳》写得更好。《苍生》是一部反映改革开放以后农村发生的新变化的现实题材的小说。

由于这种种原因，浩然的情绪很低落，从此就有点儿一蹶不振了，直到2008年的时候去世。浩然的写作经历让我深发一个感叹，人生的好时光对每个人来说都是一样的，就那么几年，浩然一度被说成是"一个作家，八个样板戏"，好像很了不得，其实他真正快乐的时光也就是写作《艳阳天》和《金光大道》的那短短几年。我们对那些真正热爱写作的作家都该有一种客观的、包容的、理解的心态，肯定他们在写作当中为读者所作出的贡献。

一本老书的回忆

我在北京的劲松小区居住过，我们那个楼里面住的都是北京市文化圈的各类人士，其中有一对夫妇是京剧演员，男方叫作石宏图，女方叫作叶红珠。石宏图是唱武生的，可以演猴戏，演孙悟空。叶红珠是武旦，在舞台上能够满台地和其他演员对打，能够打出手。打出手是武戏当中最难的表演方式之一，表演时周围几个人拿两头都有尖的枪——不是热兵器的枪，是冷兵器的枪——朝她扔过去，她可以拿腿前后踢，还能够两手轮流接，这需要很硬的功夫底子才能够进行这种表演。

这两位京剧演员跟我大体同龄，渐渐来往上了。他们那套单元房主要是给石宏图的父母——石大爷和石大妈居住，他们自己不是天天住在那儿，而是另外有住处，所以一来二去，我不仅跟他们成了熟人，跟石大爷和石大妈也很熟了。石大爷和石大妈住在低层，我住在高层，所以往往我从外头回来，会先到他们那儿转一圈，说会儿话，然后再上楼。

有一天我去逛书店，买了一本书叫《燕京岁时记》，薄薄的一本。这是一本记录老北京风俗人情的书。这种类型的书，体裁叫笔记。笔记这种文体从中国古代就开始流传，明清时达到高潮，这本《燕京岁时记》成书于清朝末年。拿到这本书以后，我回到我们楼，又到石大爷他们家串门。当时石宏图和叶红珠不在家，石大爷也不在家，就石大妈在家，我们俩就先寒暄着聊天，她看我拿着本书，我就递给她，我说："您看看，这是我刚买的一本书。"她看着那本书的表情有点异常，我问她："怎么了这是？"她就说："这本书是我爷爷写的。"

这本书的作者叫富察敦崇，是一个满族人，关于他的资料不多，他除了《燕京岁时记》外还有别的著作。别看这书薄薄的一本，因为它记录的老北京的风土人情很丰富，文笔很优美，所以影响特别大，在民国时期就很有名，很早就被一些汉学家发现并翻译成不同的外文，像法国很早就出过法文版的《燕京岁时记》。

听石大妈这么一说，我这才忽然想起来，石大妈是因为嫁给了石大爷，所以别人称呼她石大妈，其实她姓富察。

我当时很感慨，我说："这本书您先留下，我以后再买一本。"因为她说起自己已经没有她爷爷的遗物了，她知道有这本书，小时候也读过，但是后来家里没有这本书了，所以拿着这本书觉得很亲切。我就想留给她，她还不要，她说："你先拿去读，等你有工夫烦你再给我买一本来，我留作纪念。"我想那也好。

从他们家回来之后我就读了这本书，好看极了。书中按照春夏秋冬、一月二月这么个顺序，记录每一个时间段里北京的风俗是什么，有什么特别值得一说的事情。全文言简意赅，文笔秀丽清新。比如，他记载小孩子的玩具的，就有这样一段文字——

儿童玩好亦有关于时令。京师十月以后，则有风筝、毽儿等物。风筝即纸鸢，缚竹为骨，以纸糊之，制成仙鹤、孔雀、沙雁、飞虎之类，绘画极工。儿童放之空中，最能清目。有带风琴锣鼓者，更抑扬可听，故谓之风筝也。毽儿者，垫以皮钱，衬以铜钱，束以雕翎，缚以皮带，儿童踢弄之，足以活血御寒。琉璃喇叭者，口如酒盏，柄长二三尺。咘咘噔者，形如壶卢而长柄，大小不一，皆琉璃厂所制。儿童呼吸之，足以导引清气。太平鼓者，系铁圈之上蒙以驴皮，形如团扇，柄下缀以铁环，儿童三五成群，以藤杖击之，鼓声冬冬然，环声铮铮然，上下相应，即所谓迎年之鼓也。空钟者，形如车轮，中有短轴，儿童以双杖系棉线播弄之，俨如天外晨钟。

这里需要解释的就是琉璃喇叭和咘咘噔。琉璃喇叭是一种用琉璃烧制成的可以吹响的儿童玩具小喇叭。咘咘噔外形像一个小瓶子，细细的瓶颈，大大的瓶子肚，瓶底那块玻璃造得特别薄，像一张纸一样，对着瓶口一吹，瓶底的玻璃就会震动，发出咘咘的声响。但这种玩具是有弊端的，一不小心玻璃就会碎掉，可能还会伤人，吸到嘴里更不得了，所以这种民俗玩具后来被淘汰掉也是应该的。但是富察敦崇把它记录了下来，让我们知道当时有这种玩具，这也是有意义的。其中，风筝、太平鼓和空钟（即空竹）都是一些带表演性质的杂耍物件，甚至有人在卖这些东西的时候会当场表演，比如抖空竹，这在北方是很常见的一种民间技艺。表演者手拿两根木棍，木棍被一条长线连起来，空竹一般是竹子做的，形状像个沙漏，中间有一个轴，它的边缘留有一圈哨口。拿绳缠住它们的中轴，左右手上下抖动，快了以后它就能发出嗡嗡的响声，很有趣。抖空竹可以玩出各种花样，甚至可以把空竹抛起来再接住，有的人还可以在背后抖它。

当时，庙会上会卖一些小宠物，像蛐蛐、蝈蝈、油葫芦，这都是一些小昆虫。还有像梧桐、交嘴、祝顶红、老西儿、燕雀儿，这是一些小鸟。如果没有富察敦崇的这些文字记录，我们如今可能很难知道当时的北京普通市民是怎么生活、怎么消遣的了。

读完这本有趣的书以后，我突然有一个迫切的愿望，就是赶紧给石大妈买一本她爷爷的著作。她家里任何关于她爷爷的东西都没有了，我得满足她这个愿望。

于是我就再去书店给她买书。那天下了雨，我打了把伞出去，买回来后，我就给石大妈送去。一进门，我发现一个有趣的现象，要是一般的人就不懂了，可是我一看就笑了，怎么回事？外头还下着雨，石大妈家的墙上贴着一个用纸剪出来的人，从剪纸的形态上看是一个妇女，我就知道石大妈所剪的人乃是扫晴娘，就是一个能把积雨云扫走，让天气放晴的民间的女神仙。这不是迷信，而是一种民间的情趣，是老北京普通人的一种美好的愿望。我看到扫晴娘的剪纸后心里非常舒服，因为关于剪贴扫晴娘这种民俗，在富察敦崇的《燕京岁时记》里面，恰好专门有一条讲到。我赶紧把书双手捧着献给石大妈，石大妈也很高兴。我说这里面就有关于扫晴娘的记载，她笑了。她说："我不用看书，当年我爷爷讲的这些事儿，我都记在心里，我心里有这本书。"这是一个很值得回忆的画面。可惜时隔多年，石大爷和石大妈都先后谢世了，但是石大妈祖父的这本《燕京岁时记》却是永垂不朽的。

沈复的浮生清欢

人有人的命运，书有书的命运。我多次讲到《红楼梦》，《红楼梦》作为一部书，它的命运是很坎坷的。最早它是以手抄本的形式在很小的范围之内流传，直到乾隆朝后期才由北京书商以活字排印，这才流传开来。有人问流传到今天的《红楼梦》的作者究竟是谁？我当然认为是曹雪芹，但是有些人有不同的看法，提出了各种不同的思路。在中国历史上这种现象很普遍，越是优秀的文学作品，它的命运越坎坷。

在清代，遭遇颇为坎坷的文学著作除了《红楼梦》以外，还有一本书，那就是《浮生六记》。这本书时下很热，好多家出版社出版了各自的版本。因为原文是用文言文写的，有的出版社出书的时候还附有白话文的翻译。

跟《红楼梦》不一样的是，《浮生六记》的作者倒是比较清楚的，它的作者叫沈复，江苏苏州人，字三白，所以叫他沈三白也可以。关于他的史料不多，为什么呢？因为这个人在那个时代是一个非主流的知识分子。主流的知识分子都是要参与科举考试的，而且要考中，最好得中状元，而沈复在科举考试的道路上没有任何成就，终生都是一介秀才而已，甚至于是不是秀才都搞不清，一种说法是他连秀才都不是，根本就没有参加过科举考试。不管他算不算秀才，可以肯定的是，他知书识字，而且还会画画，很有才。不做官的话他靠什么谋生？就靠卖字卖画，给人写张斗方、写副对联、卖几幅画，这样来谋生。以这种方式过活，在那个时代可以说很清贫了，因为字画换不了几个钱。他的作品《浮生六记》，按说是他为自己写的，或许早期在很小范围内的亲友之间传阅过。"浮生"一词是过去人们对人生的一种消极的说法，形容像水上的泡沫一样，像飘浮的柳絮一样，微不足道、一无所成的一生。所谓"六记"，指的是他经历了很多坎坷以后，用文字记载下了自己一生当中的六部分事情。

　　这部书的目录还是很清晰的，六记刚好对应六卷——

　　第一卷叫《闺房记乐》。闺房，本来是指旧时女性居住的房屋，后来词义有了延伸，夫妻结婚以后共用的卧室也可以称作闺房。

第二卷叫《闲情记趣》。这卷记录了沈复生活中很多琐碎却又很美好有趣的生活片段。

第三卷叫《坎坷记愁》。前面提到沈复与科举考试基本上无缘，他连考上秀才的记录都没有，可能根本就没去参加过科举考试，只是在家里读了些书，学会了画画，如此而已。他的一生很坎坷，靠卖字卖画换不了几个钱，经济上很拮据，而且他的妻子被他的母亲所嫌弃，他和妻子虽然很恩爱，可是他的父母对他们并不好。贫困交加的他只得经常出门找办法挣钱生存，比如去给人当幕僚。当时，科举考试主要考八股文，有些当官的只不过是八股文做得好，实际上并没有多少真才实学，所以他们就专门养一些文采好但是又没有在科举考试中获取名分的人在身边，替自己写文章、作诗、写字、画画，或是遇事时帮忙出主意，这些人就被称作幕僚。幕僚有时候当不长，因为当官的一旦换了任所或者仕途有所变化，他们就会辞去一些幕僚，沈复就经常被辞退。被辞退后，就得想办法找下一个去处，所以他流离失所的经历蛮多的。他和妻子也是聚少离多，相见时难别亦难。因此他就把自身经历的这些坎坷的愁闷写成了这些文字。

第四卷叫《浪游记快》。虽然经济拮据，而且营生也不那么容易，但是他毕竟游历了不少山川美景。他这个人对自然的感悟是蛮深的，所以《浮生六记》里这一卷写他在各处游览的感受。

当然，他能有那么多四处游览的机会很大一部分原因是沾了大官的光，在给那些大官当幕僚时，有时候官员们会有一些游动性的官务需要执行，就和现在的出差差不多，幕僚跟着他们也就顺便游历了很多山川。这些大官可能对于山川美景很麻木，没什么感觉，沈复却能够和山川融为一体，内心有一些深刻的感受，于是就有了《浪游记快》中诸多优美的描写。

沈复的书稿在他生前没能付印。实际上那个时候已经存在很多书商，而且已经有了先进的印刷工艺——活字排印。也就是说，当时一部手写的稿子是可以通过印刷技术在社会上流布的。只不过，曹雪芹生前，《红楼梦》没有享受到这种待遇，沈复及其笔下的《浮生六记》也没有这样的幸运。

直到晚清，在一个倒卖各类文物杂货的集市上，有人在一堆冷僻的手稿当中发现了一部手抄本的《浮生六记》，一翻之下，觉得写得特别好，就把它刻印了，《浮生六记》这才得以流布开来。到了民国时期，这本书的翻印本就很多了，喜欢的人也多，一直流传到现在，大家都觉得是好东西、好文字。

上面只提到了四记，另外两记是什么？原来，当年那本从冷书摊上淘来的手稿的目录上确实是有六记，但是往下翻，其中两记的内容已经缺失。

第五卷叫《中山记历》。这卷应该是沈复写他在海外游览的一些经历。中山指的是琉球，它一度是一个独立的小国。但是在清代的时候，它是中国的属国。沈复曾经随着清朝官员到那儿去过，游历了一番，所以他有这方面的一些感受。

第六卷叫《养生记道》。顾名思义，这卷应是作者总结的自己的一些养生经验。

当时发掘了手稿的那个人，发现这两卷只有目录没有正文，后来刻印的时候就在目录上把这六记都写全，但是缺后面两卷的正文。再后来，因为这个书卖得很好，有人就伪造了《中山记历》和《养生记道》，凑了个全本，沈复的《浮生六记》这下就"全"了。

这种做法也可以理解，就像当年曹雪芹的《红楼梦》手抄本，只到八十回为止，故事不完整，所以后来书商程伟元想将其付印售卖的时候，补了后四十回。不管怎么说，书商出版的时候都希望书是完整的，因为读者喜欢有头有尾的东西，不管是由谁拼出来，这个做法都是可以理解的。而且，正是由于一百二十回的《红楼梦》印出来了，流传得很广泛，才把前八十回保存下来，一直流传到今天。《浮生六记》也是一样。

但是，就像有人发现《红楼梦》的后四十回跟前八十回的文笔不一致一样，很快就有人发现《浮生六记》后两记的文笔大不如前四记。

我看到一条新闻说，前些年有人发现了《中山记历》的原始版本。这是一件好事，至于在版本学上如何判断新发现是真的还是假的，我就不参与这样的学术探讨了。咱们就说说《浮生六记》现在有那么多版本在市面上流行，为什么？是因为中国人都觉得它好。它好在哪里？其中一点是沈复将自己和妻子芸娘之间的爱情写得特别好。

大家知道，《红楼梦》是中国历史上第一部为女性说话的书，正式宣称女人是水做的骨肉，歌颂青春女性，而沈复的《浮生六记》就继承了《红楼梦》的优良传统。沈复通过描写他的妻子芸娘，将中国女性那种内在的心灵美，那种一般人意识不到的可贵之处，细致地展现了出来，非常感人。他在《闺房记乐》《坎坷记愁》里面描绘的芸娘的形象跃然纸上，读后令人难忘。

另外，这本书虽然是用文言所写，但是作者不掉书袋，不刻意使用繁多的典故，读来清新优美。比如说，有一段写景他是这样写的——

　　于是相挽登舟，返棹至万年桥下，阳乌犹未落也。舟窗尽落，清风徐来，纨扇罗衫，剖瓜解暑。少焉，霞映桥红，烟笼柳暗，银蟾欲上，渔火满江矣。

　　一幅渔舟唱晚的美丽画卷徐徐展开，浑然天成。

　　所以，要知道，我们中国文学发展的漫长历史进程当中，形成了一条浩荡的长河，其实有很多优秀的作品值得我们一再地咂摸品味，《浮生六记》就是其中一本，我衷心地向读者们推荐。

大团圆的美

　　中国人有一种审美习惯，听故事、看小说、看电影、看电视连续剧、看舞台演出，不管中间有多少艰难困苦，都希望最后是一个大团圆的结局。当然，这种审美习惯是值得尊重的。

　　有人会说，有的外国作品就是大悲剧，最后主要的人物都死掉了，甚至有的死光光了，人家就能够以悲剧的不团圆的结局来吸引读者和观众，我们干吗非得大团圆？其实在中国的文学艺术发展过程当中，也有和西方这种审美取向相通的作品，比如《红楼梦》，从第一回的《好了歌》《好了歌注》以及第五回的册页上的判词、《红楼梦》十二支曲中，就可以知道《红楼梦》最后的结局不是大团圆，而是大悲剧，是

"落了片白茫茫大地真干净"。书里面更在贾宝玉和薛宝钗互相交换佩戴物来观看那一回，就明明白白地写了出来，最后的结局是"白骨如山忘姓氏，无非公子与红妆"。在当时，《红楼梦》显然是很跳脱的，它继承了中国古典小说、戏剧的许多传统，但是以它大悲剧的结局来看，它又跳脱了传统。其他绝大多数的中国古典文学艺术作品，比如《窦娥冤》，前面虽是惊天动地的大悲剧，到最后也还是一个"坏人被惩处、冤屈被洗清"的大团圆、大欢喜的结局。

最近我在研究中国明代的两部小说集。明朝有一个作者叫冯梦龙，他整理编撰了三部短篇小说集，第一本叫《警世通言》，第二本叫《喻世明言》，第三本叫《醒世恒言》。他的这三部短篇小说集后来被合称为"三言"，而"三言"两个字后面往往还会有两个字，那就是"二拍"。

什么是"二拍"呢？在冯梦龙之后，有一个叫凌濛初的人，他也编了小说集，共分为两本，一本是《初刻拍案惊奇》，一本是《二刻拍案惊奇》，这两本又被简称为"二拍"。因为"三言"和"二拍"产生的时代是相近的，所以人们就把它们合称为"三言二拍"。

"三言二拍"里面有很多很好的故事，比如《宋小官团圆破毡笠》，它体现了中国古典小说的典型审美特点——前面可能会有一些悲情离散，但是到最后基本都会有一个大团圆的美好结局。

故事是这样的，有一个小伙子被人叫作宋小官，小官是明代社会对市井当中的一些年轻人的统称，并不是说他当了官，这个"官"是男孩、男子的意思。

宋小官他有名字，叫宋金，原本家境还算殷实，奈何后来家道中落、父母双亡，成了一个孤儿。他们家有个邻居，是一个船家，就是在河道上面行船帮人运货，收取运费维持生活的这种人。船家姓刘，无依无靠的宋金就被刘氏夫妇收留了。

刘氏夫妇有一个女儿，叫刘宜春。请注意，这个故事和三言二拍里面的其他许多故事不一样，其他故事里面经常写一些才子佳人：才子不管开头怎样贫穷落魄，后来几乎都通过科举考试得中，当官了，接着就富贵了；佳人则指的是一些富人家的女儿，大家闺秀。在三言二拍里面，这种角色挺多的。但是这一篇《宋小官团圆破毡笠》很别致，男主人公宋小官不是一个读书人，和科举考试无关，是一个命很苦的孤儿。他虽然是个孤儿，但也不是一点本领都没有，他小时候虽没有去读圣贤书、学做八股文，但是他学了算术。在那个时代，社会上像他这样的年轻人不多，但还是有的。在明代后期，随着社会的发展，商品流通比较频繁，人们为了使自己的社会地位提升，男子除了去参加科举考试，还有别的渠道，那就是凭本事吃饭，做生意挣钱。

宋小官自己没有本钱，做不了生意，船家刘氏夫妇收留了他，他跟他们一起生活。这种船家在岸上有自己的住房，但是因为要运货押货，他们一年里面有很长时间都在船上生活。那种大的运输船有船舱，船舱里面有居住空间，还有一些货舱，甲板上也可以存货。

宋小官刚来船上时发生了这么一件事，当时下着雨，雨虽然不大，但是纷纷细雨老淋着也不是个办法，这时候刘翁就对女儿宜春说："后艄有旧毡笠，取下来与宋小官戴。"什么叫毡笠？毡笠是一种可以遮阳避雨的帽子，这种帽子有很宽的帽檐。

父亲让女儿给宋小官取毡笠，可是宜春一看这个帽子平时不怎么用，有了裂缝，于是就随手从头上拔出针线，缝补起毡笠来。旧时的女子会把穿好了线的针别在衣服上或插在绾起的头发里，方便随时缝补东西。宜春把破毡笠缝好后，递给宋小官，这么这一缝一递，两人就心心相印了。

本来他们两家在岸上就是邻居，所以宋小官和宜春早就认识，可以说是青梅竹马、两小无猜，是从小一起玩到大的。

现在俩人都长大了，一个成了精明能干、能够帮忙算账的小伙子，一个成了能够做饭浆洗、侍奉父母的青春女郎。

这个刘翁本就觉得宋小官挺不错的，特别是收留了他以后，发现还离不了他了。本来算账要有一些专门的人来帮忙，还需要给人家工钱。有了宋小官以后，他算账算得很精细准确，手脚也麻利。刘翁也看出来宋小官和女儿宜春两人有情意，于是就做主，让这对年轻人结婚，招了宋小官做女婿。

宋小官和刘宜春成婚后，一家人驾船运货，本来日子过得挺好的，一年后宜春还生了一个女儿。可是不想这孩子生下来没多久就夭折了，宋小官哀思过度，自此染上了病。

一开始刘氏夫妇还尽量去给他求医问药来治病，可是好长时间都不见好，甚至每况愈下，见此情形这对老年人的人性之恶就发作了，他们本来觉得这个女婿是一个宝贝，能给自己算账不说，运货卸货自然也能出力，况且嫁女儿是要准备大笔陪嫁的嫁妆的，现在宋小官入赘，连嫁妆也省了，大家一起过日子，还挺省心的。可是宋小官这病越来越重，不但不能帮他们上货卸货，连算账的笔都握不住。这两个人就把宋小官视作一个难缠的多余物，病治不好，一时半会儿死又死不了，还得养着他。

有一天老两口就定下一计，谎称需要去一个地方接货，船行到半途停靠在一处荒岛岸边以后，刘翁就跟宋小官说："今天天气不错，你好像身体也稍微恢复了一点，也别在这儿吃白饭，你去岸上拾点柴火来，咱们在船上烧饭要柴火。"

岸边都是沙滩，哪儿有柴火？想要拾柴得往里走，往里走就是树林子，树林的边缘也没有什么枯枝烂柴。这宋小官还病着呢，没力气砍柴，只能拾些枯枝烂柴，还得再往树林深处走。宋小官挣扎着去找柴火，后来总算找到了一点，捆成了两捆，但他没力气背，于是拿根绳子拖着柴火回到岸边，没想到到了岸边一看，人走了船没了，竟把他给扔下了。宋小官心下了然，知道是岳父嫌他累赘，把他当废物扔在荒岛上了。他很绝望，但是也不想就这么死去，就挣扎着往树林子里面走去找吃的，结果他偶然发现了一个藏有大量宝贝的土地庙，珍珠、玛瑙、金银首饰，全是值钱的东西。宋小官料想定是强盗打劫往来货船，抢到这些贵重的物品，暂时存放在这里，等到时机合适的时候会回来取走。

于是宋小官又回到岸边，终于等到一条船靠岸，宋小官急忙上去打招呼，本来那条船上的人不想理他，他赶忙说自己有财宝，愿意分一些给他们，船上的人就问他怎么回事，他说自己被打劫了，财宝被强盗藏在岸上，盗贼因为被毒蛇咬死，他才侥幸逃出。如果把他救出去的话，那么这些财宝可以分一些给众人，船上的人去土地庙一看，果然有财宝，于是同意搭载他一程。

这条船把宋小官载到了南京城，他就带着剩下的财宝下了船。有了钱就什么都好办了，他本来就是个会做生意的，于是就买宅子、开商铺、治病，这下什么药都吃得起了，更有用人伺候，不用辛苦劳作。没过多久，他不但康复了，样貌也发生了变化，褪去病容，变得更加丰润。

再说刘氏夫妇，他们把女婿扔在岸上，一开始宜春因为在船舱里面煎药没有发现，等她发现的时候船已经离那个荒岛很远了。宜春问他们怎么回事，她父母解释不清楚，宜春就哭闹，要求开船回去找宋小官，刘氏夫妇起初不答应，还说出再为她择良婿的话，宜春一听断断不肯，说着就要投水自尽，刘氏夫妇慌了，只得把船再开回到原来抛弃宋小官的地方。可是已经找不到宋小官了，只有他拾捡的两捆柴火和砍刀还留在岸上。宜春和父母在岛上遍寻之下还是没有发现他的踪迹，宜春以为自己的丈夫绝望之下投水而死了，伤心不已。刘氏夫妇劝女儿死心，择日再嫁，宜春坚决不答应，立誓为宋小官守节，穿孝服，拒绝吃荤腥。

刘家运货的生意还在做，有一天，船停在一个码头，忽然有人来打招呼，说有一大批货物需要运输，刘翁一听是很大一笔生意，当然很高兴。来约船运货的只是个仆人，主人家最后才出现在岸上，刘氏夫妇都没注意到，但是宜春一眼就看出来了，那个人虽然现在穿的是华贵的衣服，但是相貌有七八分像自己的丈夫宋小官。她就要求跟货主见面，可是要怎么确认他是自己的丈夫呢？于是她拿出那顶缝补过的旧毡笠。毡笠原来有裂缝，经过缝补，就跟别的毡笠不一样了。

　　因为这顶破毡笠，宋小官夫妻相认，破镜重圆。宋小官的岳父岳母见此情景赶紧认错，而宋小官也原谅了他们。这是一个大团圆的结局。一顶破毡笠，既体现了妻子刘宜春的细腻、忠贞，也传递出丈夫宋小官的重情和忠厚，是他俩真挚爱情的象征。

赵氏孤儿

　　我喜欢看京剧，现在一些年轻人不怎么爱看，我能理解，因为京剧的唱段大多节奏缓慢，有时候还听不清唱词，所以我建议初次接触京剧的年轻朋友，不要去看折子戏，不要去听那种清唱的演出，要看完整的故事戏。

　　京剧最早是以生角为主的。有一出戏一直演到现在，叫《赵氏孤儿》。

　　《赵氏孤儿》讲的是春秋时期晋国的故事。晋国的国君晋景公很昏聩，听信了一个叫屠岸贾的奸臣的谗言，下令把忠于晋国的赵氏家族满门抄斩。

　　原本赵家是受到国君宠信和重用的，赵家甚至还和王室有联姻，赵家的赵朔娶了前任国君晋成公的姐姐赵庄姬做妻子。但是屠岸贾一心想夺权，因为他觉得自己的权力还不够大，赵家的这些人妨碍他控制晋国，所以他就进谗言使得昏聩的晋国国君做出这样荒谬的决定。

赵朔的妻子赵庄姬是现任国君的姑姑，所以并没有被杀，而是回到了宫里。接着，屠岸贾得到一个消息——赵庄姬怀孕了。虽然赵家其他人全被杀光了，但是赵庄姬在宫里边成功分娩了，这个孩子就成了赵家唯一的后代，也就是所谓的赵氏孤儿。屠岸贾心想，如果不把这个孤儿灭了，等他长大后，知道他的身世，肯定会找自己算账的。屠岸贾思来想去，决定把赵庄姬生的这个孩子杀了。

在这种危急的情况下，赵家门客程婴挺身而出。在古代，一些高官贵族的家里面会养一些帮忙的人，这些人叫作门客、幕僚，或者叫作清客相公（《红楼梦》里出现过）。程婴就想方设法要把赵庄姬生下的赵氏孤儿偷偷运出宫来加以保护，后来他果然成功了。原来，当时屠岸贾派他的亲信把赵庄姬的宫殿周围看守得很严实，只搜出的，不搜进的。因为程婴曾是一个民间医生，赵庄姬谎称自己病了，宫里面的御医都治不好，要靠外面的民间医生，靠偏方来治，于是程婴就提着药箱子混进宫里面去了。程婴将赵氏孤儿藏在药箱中，正准备带出宫门，可偏又遇到屠岸贾的部下韩厥。韩厥是个有良知的人，他知道药箱里的乃是忠良之后，便放走了程婴和赵氏孤儿，为了让程婴放心离去，韩厥自刎身亡。

然而这件事情还是败露了，屠岸贾搜不到赵氏孤儿，于是下令将全国出生一个月到半岁间的孩子都囚禁起来，并称如果窝藏赵氏孤儿者再不交出孩子，就将这些孩子全部杀死，以此来斩草除根。这就不是一个赵氏孤儿能不能活的事了，而是关乎千家万户的大事。

程婴走投无路之下，找到了晋国退隐老臣公孙杵臼，两个人一起商量救助赵氏孤儿的方法。巧的是，程婴自己的亲生儿子，正好和赵氏孤儿是差不多时辰生的，他就跟公孙杵臼商量决定，把自己的亲儿子献出去，假称是赵氏孤儿，把真的赵氏孤儿保护起来。具体怎么实施呢？程婴就对公孙杵臼说："我把赵氏孤儿交给你保护起来，你去检举揭发我，说我藏了赵氏孤儿，这样牺牲我们父子两个人，就可保全赵氏孤儿。"公孙杵臼就问了程婴一个问题，说："我年纪比你大很多，你现在想一想，是死去容易，还是把一个孤儿养大容易？"答案当然是一死了之容易。所以公孙杵臼接着说："我年纪这么大了，这个孩子至少得长到二十岁才能报仇，算算时间，那时候我都九十岁了，能不能活到那时候还不好说，还是我去死，你活着把这个孤儿抚养大。"程婴无奈答应了下来。

于是他们就按计划行动，程婴出面检举了公孙杵臼私藏赵氏孤儿。屠岸贾很高兴，见威逼之下果然有人来揭发。屠岸贾一开始还半信半疑，他说："你程婴和公孙杵臼往日无怨，近日无仇，为何要检举他？"程婴只得说自己也有一个尚满月的儿子，因为不想自己儿子被杀，这才来举报。于是屠岸贾就亲自带着士兵，押着程婴一块儿去找公孙杵臼。公孙杵臼假意不招，屠岸贾就让程婴去拷打他，屠岸贾想看程婴下不下得了手。程婴一开始是下不去手的，公孙杵臼就给他暗暗使眼色，催他动手。程婴只得忍痛用棍子拷打公孙杵臼。公孙杵臼仍是不招，结果没过多久，士兵就从一个土洞中搜出来一个婴儿，公孙杵臼仍不承认这是赵氏孤儿。但是此时的屠岸贾已经认定了这个孩子就是赵氏孤儿，于是他将孩子高高举起，使劲摔下，末了还刺上三剑，将孩子杀死。公孙杵臼见孩子已死，于是撞阶而亡。

程婴眼睁睁看着自己的亲儿子被当作赵氏孤儿杀害，痛彻心扉，却只能强忍着不露出蛛丝马迹。不仅如此，程婴检举公孙杵臼这件事情在全国传开以后，程婴惨遭万人唾骂，因为大家都觉得是他背弃了旧主和朋友，使得赵家绝了后。

屠岸贾很高兴，这下终于斩草除根，屠戮赵家的事情就再也没有任何赵家的后人来追究了。他很得意，就把这件事的大功臣程婴接到自己家里来做门客，他知道程婴有一个儿子，而自己尚无子嗣，就收其做了义子。程婴就在仇人的眼皮子底下把赵氏孤儿养大了，直到赵氏孤儿年满二十岁。

程婴已经六十五岁了，垂垂老矣，他担心自己万一有个好歹，就没人能将真相告诉赵氏孤儿，于是整日暗地里谋划着。终于，有一天，程婴把自己画的画册拿给赵氏孤儿看，画里讲的就是当年屠岸贾如何谋害赵氏家族以及程婴如何把孤儿从宫里面带出来，又如何设计救婴儿。

赵氏孤儿看完画册以后才恍然大悟，原来自己一直住在仇人家里面，还认贼作（义）父。他悲愤不已，第二天上朝见了国君，将前后情由如实禀告，征得国君同意后，在屠岸贾回私宅的路上将其拦住，亲手捉住了杀他赵家满门的元凶并手刃仇敌。

这个故事被写成戏剧，最早是在元朝。它很早就流传到了国外。17世纪到18世纪，法国有一个大文豪叫伏尔泰，他是一个哲学家、思想家，同时也是一个文学家，他当时就看到了关于这段故事的介绍，他很感动，觉得这个故事所颂扬的那种舍生取义，牺牲自己保全别人的精神是全人类都应该遵从的。他还把这个故事写成了一个五幕剧叫作《中国孤儿》，在法国一直演到今天。

建议读者们有机会的话去看看京剧《赵氏孤儿》的演出。

第三辑

风从远方来

辛酸的童话

　　丹麦有一个家喻户晓的童话作家名叫安徒生，他生活、写作是在 19 世纪。安徒生的作品在世界范围内影响很大，有的读者一提安徒生，可能心里就会想："是啊，我知道《卖火柴的小女孩》《海的女儿》《皇帝的新衣》，这不都是安徒生的童话吗？"实际上，安徒生有的童话作品童话色彩并不浓，甚至可以算是写实的短篇小说。比如，他有一篇《柳树下的梦》，读来就颇令人触动。

　　故事发生在丹麦一个海边的小乡村，有两个小孩，一个小男孩，一个小女孩。他们是邻居，两小无猜，打小一块儿玩。他们俩经常在田野上的两棵树下一块儿做游戏，那两棵树一棵是接骨木树，他们管它叫接骨木树妈妈；还有一棵是大柳树，他们管它叫柳树爸爸。柳树长得很高大，垂下柳枝，像帐篷一样，他们两个人经常在柳树的臂弯里面一块乘凉。后来女孩家从这个小地方搬到丹麦的首都哥本哈根去了，小男孩和他的父母则留在家乡。

不知不觉，时光飞逝，两个小孩都长大了，小男孩长大后跟着一个修鞋师傅学手艺，成了一个修鞋匠。他有一个木头做的工具箱，里面装满了修鞋的工具和修鞋的用品。除了在师傅的作坊里面修鞋，他也经常背着这个箱子游走，去各处修鞋。他有时候还会回到那棵大柳树下，回忆当年他和小女孩一块儿做游戏的情景，小女孩名叫约翰妮。长大以后的男孩产生了一个想法，他喜欢那个女孩，现在俩人都长大了，他希望能够见到长大的女孩，并且向她求婚，娶她为妻。

主意拿定以后，他联系到了哥本哈根一个修鞋的作坊老板，决定到那儿去打工。他背着他的木箱子，徒步走向了哥本哈根这个大城市。

两家虽然分别了一段时间，但是他们还有通信联系，所以男孩知道女孩一家住在哥本哈根的什么地方，有一天他就去拜访了。那是一栋很漂亮的小楼，他敲门以后，一开始人家不知道他是谁，他就自我介绍。开门来接待他的是约翰妮的父亲和母亲，他们对小伙子很客气，请他进去，屋子里面暖洋洋的，餐桌上摆满了丰盛的食物。他们请他坐下来享用美食。

接着，小伙子见到了长大了的约翰妮，她已经变成了一个美人。

在家乡的时候，约翰妮经常在大柳树下唱歌，村里所有人都知道这个小女孩有一副好嗓子，唱的歌很动听。如今，约翰妮在哥本哈根的音乐学院学歌唱，今后要成为一个歌唱家。小伙子痴痴地望着约翰妮，约翰妮对他的到来还是很热情的，握着他的手说："童年时候的玩伴，见到你我真高兴。"她还给了他一张门票，请他到剧场去看她的演出。小伙子就去了。

小伙子是一个乡下人，是一个修鞋匠，他哪见过大都会里面的这种场景呢，他从来没见过大剧场。那么多的红男绿女聚在台下，大幕拉开，音乐响起，约翰妮化着完美的妆容出现，唱得那么完美动听，他在底下情不自禁地高声叫好。演出结束时，有很多崇拜者往台上扔鲜花。这次演出给了小伙子一个强烈的刺激。

回到作坊的宿舍后，小伙子整晚地睡不着，他暗暗下决心，要向约翰妮求婚，越早越好。

有一天，他鼓足勇气去了。

约翰妮在家热情地款待了他，但是当小伙子红着脸说出他的愿望以后，约翰妮的表情变得很复杂，约翰妮握着他的手跟他说："你永远是我的好哥哥，我永远是你的好妹妹，但是其他的我实在是做不到，而且我告诉你，我马上就要离开哥本哈根了，我要去法国巴黎深造，我要成为一个整个欧洲都知道我的名字的歌唱家。"

约翰妮的拒绝对小伙子是一个很大的打击，但是他没有办法。约翰妮去了法国深造，他就背着他的鞋箱，在整个欧洲游荡。

三年以后，他游走到了意大利的米兰。大家都知道，意大利是西方音乐的故乡，特别是歌剧的故乡。意大利米兰有一个斯卡拉歌剧院，许多全球著名的歌唱家都是通过在那儿演出一举成名的。在米兰，有一天小伙子偶然发现，歌剧院外面的海报上居然有约翰妮。约翰妮主演的歌剧要演出了，于是他就用自己修鞋积攒下来的钱买了一张对他来说很贵的票。这个歌剧院比哥本哈根的歌剧院更富丽堂皇，舞台上的约翰妮的演出也更加精彩。

演出结束以后，达官贵人们都起立高声欢呼，后来人们又都到剧院的后门，等待卸了妆的约翰妮出来。小伙子挤在人群当中，也殷切地盼望着。终于，约翰妮走出来了，穿着一身华丽的衣服。小伙子正想跟约翰妮打招呼，却发现约翰妮身边出现了一个贵族青年，不但穿着很华贵，还佩戴着标志着他贵族身份的绶带、勋章。约翰妮把她的一只手搁在贵族青年的手里，两个人一起走向华丽的马车，周围的人们纷纷欢呼，叫着约翰妮的名字。

修鞋匠这个时候彻底地明白了，约翰妮不属于他，所有这些穿着华美衣服观看演出的群体也不属于他，这歌剧院不属于他，这城市街道不属于他，这路灯也不属于他……小伙子痴痴地回到他的住处，背起他的木箱子，决定走回他的故乡，走回丹麦。

这个时候已经是深秋，马上就要入冬了。他走啊走，走啊走，翻过了高高的山脉，离家乡越来越近了，但是他走累了。天空中飘起了雪花，好冷啊。他看见路边有一棵大柳树，就和他家乡的那棵柳树几乎一模一样。他走到这棵大柳树底下，把他的木箱子搁在一边，靠着柳树坐了下来，蒙蒙眬眬地做起了梦。他梦见了约翰妮，梦见自己和她结婚了……多么美好啊。

第二天，赶路的人发现，路边的一棵大柳树底下坐着一个人，垂着头，冻僵了，他们走过去仔细一看，这个人已经死去了。

这就是《柳树下的梦》。故事里面一个坏人都没有，约翰妮也不坏，约翰妮的父母也挺好，但是它写出了人类在社会发展当中所形成的阶层分化，写到了城乡差别、贫富差别、职业差别、文化差别，功成名就的人和底层的修鞋匠的个体生命的差别。

当年我读完这篇《柳树下的梦》以后，惆怅的心绪久久无法排遣。所以你看，童话也不都是欢快的，童话也可以写实，也可以表达沉重的主题，建议大家去读一读这些童话。

我所知道的现代主义

我个人不是文学史的专家，也不是文学流派的研究者，但是我自己写作这么多年，确实参考过文学史上各种各样的成功的范例，经典作品也在我的阅读列表当中。关于现代派和后现代主义的思考我有些心得，在写作当中有时候也体现出这种心得。

先说说现代派，或者叫现代主义，这个文学概念首先出现在西方。西方近代文学的发展，一开始也是以现实主义为主，比如在英国，像大家熟悉的狄更斯，像勃朗特姐妹（这两姐妹一个写了《简爱》，一个写了《呼啸山庄》）。这些作家的作品大体都属于现实主义的范畴。而在法国，像雨果的《悲惨世界》，像巴尔扎克的"人间喜剧"系列，一直到后来俄国的列夫·托尔斯泰的《战争与和平》《安娜·卡列尼娜》《复活》，一般认为它们也大体属于现实主义文学流派的作品。当然，这里面也有各种不同的说法，比如有人认为雨果的《悲惨世界》是浪漫主义流派的作品，又比如马克思、恩格斯认为巴尔扎克的系列小说是批判现实主义的文学作品。虽然在具体的界定上有一些不同的说法，但是总体而言这些作品都是反映社会现实生活的，作家所书写的是自己置身其中的，或者距离自身不太远的那个时代的人和事。

但是，这种情况后来在西方文学的发展过程当中起了一些变化。首先，有一些后起的作家已经不满足于这种写法了。前人好像总是生活当中有什么才写什么，老是要还原生活，而这些后起的作家觉得应该打破这种写法，尤其是文坛上已经有了一些挡在前面的作家，像巴尔扎克，一系列的长篇作品构成了一幅史诗般的现实主义文学画卷，别人再写也很难超越了。

接着就出现了一种现代主义的文学潮流以及一批践行这种文学理念的作家，他们不满足于直接反映现实与描写现实，开始采取一些超越现实的写法，比如变形，比如荒诞，比如打破时间顺序的叙述方式等。另外，在文本上，他们不再要求自己的文本能让读者轻易读懂，反而追求朦胧，甚至追求晦涩难懂。我这是一个比较笼统的说法，仅供参考。

现在，中国的一些作家，特别是一些年纪比较小的作家，他们的写作就较多地受到西方现代主义作品的影响。

有次活动，我和一个青年作者对谈，他是言必提"四斯两卡"。"四斯"，一个就是乔伊斯，乔伊斯是一个爱尔兰作家，出生于1882年，1941年去世。乔伊斯早期的作品基本属于现实主义文学流派，比如《都柏林人》，写的就是都柏林小市民的生活。后来他渐渐走向了现代主义。他有一部作品非常有名，叫作《尤利西斯》。在《尤利西斯》里，乔伊斯不直接描绘现实了，整部作品是一个很大的寓言，每章是一个中型的寓言，每一段是一个小型的寓言，每一句都是谜语一样的，让人一下子不知道应该怎么去理解。他的作品很难翻译，但是到20世纪末，我们国家还是把它翻译过来了。

第二个"斯"是普鲁斯特。普鲁斯特是一个法国人，他写了一部作品叫《追忆似水年华》，也是个大部头，它翻译成中文以后，一本是装订不下的，得分好几本。

普鲁斯特的文本表面上看，也是写现实生活的，但是写法非常古怪，可以说是絮絮叨叨，细致到让你觉得惊讶的地步。过去古典的现实主义小说讲究悬念，要有故事情节，但是在普鲁斯特的这部作品里面，没有什么特别抓人的情节，作者也不设置什么悬念，就只是平淡如水地描写他所经历的那种家庭的日常生活，所以显得很怪，但这也被认为是一种现代主义的写法。

第三个"斯"是在中国影响特别大的马尔克斯。他是一个哥伦比亚人，用西班牙文写作。他生活的年代离我们比较近，他1927年出生，2014年去世。他有一部小说影响特别大，叫作《百年孤独》。这本书翻译成中文以后，影响了整整两代的中国当代作家，像莫言，他的作品就深受马尔克斯的影响。马尔克斯的小说的特点就是他也写现实，但是他把现实魔幻化，把现实变形。马尔克斯所代表的拉丁美洲的文学潮流，被称为魔幻现实主义，已经不是传统意义上的古典现实主义了，实际上是一种现代主义。

还有一个"斯"就是博尔赫斯。博尔赫斯是阿根廷作家，1899年出生，1986年去世。他是阿根廷布宜诺斯艾利斯的一个图书馆的管理员。他的写作路数跟那些古典现实主义作家不一样，古典现实主义作家写小说都是取材于真实的生活，有的小说里面的人物甚至能找到原型，小说里面的情节也可能有对应的原型事件，但是博尔赫斯不同，他写作的灵感主要来自阅读。因为他在图书馆工作，读书很方便，他也爱读书，他的一些作品就显得和传统的现实主义作品大不一样，例如他的代表作之一《交叉小径的花园》。

这就是"四斯"了。"两卡"在中国的影响也很大，其中一个是卡夫卡。卡夫卡出生于 1883 年，1924 年去世。他算哪国人呢？他在世的时候，有一个奥匈帝国，他是奥匈帝国的人，再较真的话，他是其中捷克那一部分领土上的人，所以有的人把他当作一个奥地利作家，有人说他是捷克作家，都不算错。卡夫卡最有名的作品，同时也是现代主义最具有代表性的作品，就是《变形记》。《变形记》讲述了一个推销员在严酷的资本主义制度下生存，最后不仅在心理上变态了，连生命形态都变态了的故事——他本来是人，结果一觉醒来变成一只趴在墙上的大甲虫。他还有另外一些作品，也都是通过这种怪诞的变形的手段描写在资本主义制度下，普通人所感到的不安、窒息和压迫。他对中国当代的一些作家影响特别大。

第二个"卡"叫卡尔维诺，是意大利作家，他 1923 年出生，1985 年去世。他的作品有什么特点？他表面上写城市生活，但实际写出来的时候，故事和画面都非常怪，和我们置身其中的真实生活拉开了距离，带有一种寓言色彩。

除了"四斯两卡"，实际上西方的现代主义流派还有一些代表性作家，比如有一个英国女作家叫弗吉尼亚·伍尔夫，她 1882 年出生，1941 年去世。她的小说的特征就是意识流，小说里面的人物形象模糊，故事谈不上，基本无情节，悬念更是没有。那有什么？有的是人物的内心独白，大段的连续不断的内心独白。这也是一种很新颖的文本。

现代派文学有很多分支，其中一个分支叫象征主义。有两个象征主义的作家，以写剧本见长，我对他们的剧本特别感兴趣，但他们的剧本不是很好找到。改革开放以后，上海文艺出版社出版了一套"西方现代主义文学作品选"，里面就收录了他们剧作的译本。这两位剧作家其中一个是比利时的莫里斯·梅特林克，1862 年出生，1949 年去世。他的代表剧本叫《青鸟》。

《青鸟》是一个典型的象征主义作品。这个剧本中还是有情节和人物的，但是它的精彩之处在于它用青鸟作为一个象征来贯穿全剧。青鸟是一只羽毛颜色很特殊的飞鸟，谁找到这只飞鸟，谁就能获得幸福。

剧本里面的人物苦苦地寻觅着青鸟，等到他们找到了才发现，原来幸福不在别处，而在家里，就在亲人之间。

梅特林克的《青鸟》后来被美国好莱坞拍成了电影，产生了很大的影响。

还有一个象征主义的剧作家是德国的盖哈特·霍普特

曼。他 1862 年出生，跟梅特林克是同一年出生的，1946 年去世。霍普特曼作为一名剧作家，最著名的作品叫《沉钟》，也是一部象征主义的作品。什么是"沉钟"？就是有一口大钟，本来挂在教堂的顶上，但是后来落到湖里面去了，沉入湖底了，所以叫沉钟。这个沉钟本身也是一个巨大的象征。

这部剧的情节比《青鸟》要复杂一些，除了人以外，还有一些小妖怪。这两个剧作家都获得过诺贝尔文学奖。梅特林克先得，霍普特曼接着也得了，这也说明诺贝尔文学奖在评奖过程当中，很早就开始注意现代主义的作品了，并对这种现代主义的剧作给予了肯定。

现代主义发展到一定程度以后，就有点儿走进死胡同了，发展不下去了，因此后来又出现一些文学潮流，被人归纳到一个新的概念里面，叫后现代主义。其实后现代主义这种概念最早不是出现在文学界，而是出现在建筑界。1978年我第一次到美国访问时看了一些资料，我才知道，现在有一种新的文化潮流，叫作后现代主义。关于后现代主义，那个时候有人把它的主张概括为一句话，叫作同一空间中不同时间的并置。

后来我去了美国加利福尼亚州南部的一个城市 San Diego，有翻译成圣地亚哥的，也有翻译成圣迭戈的，地理位置靠近墨西哥。当时那里新开了一个大的 Mall，就是大的综合性商场。这个 Mall 就是一个后现代主义的代表作，它把不同历史阶段、不同民族、不同风格的一些建筑元素并列在一个空间里面。比如埃及的神庙，印度的泰姬陵，中国的古典园林、宫殿、佛塔，柬埔寨的吴哥窟，还有日本的居酒屋，非洲的木雕，南美的大草帽，等等。那些迥然不同的风格融合在一起，拼贴在一起，显得很奇怪，但是又很有趣。

那是我第一次置身在一个后现代主义的建筑里面，我内心感叹道：原来还可以这么来做！这确实形成了一种新的审美快感。

这种后现代主义的玩法起源于建筑界，后来又渗透到美术界，在美术界里面有一个分支叫超现实主义。现实主义为什么加个"超"？因为它不但追求真实，而且追求逼真。我在美国参观过一个画展，其中就有一幅超现实主义的画作，画的是挂在衣架上的一件皮夹克，猛一看比照片还要真实，恨不得拿手一抓就能把它取下来。

那么，这种绘画风格传没传到中国？改革开放以前，中国人是不知道这种新事物的，可能也没有画家这么画。改革开放初期，出现了一幅画，在中国美术馆展出，好多人争先恐后地去看。这幅画的作者叫罗中立，这幅画叫《父亲》，尺寸特别大，一般人家里都摆不下，比一般的大立柜尺寸还要大。画的是一个老农的头部，画家把老农的每条皱纹、每根毛发以及他牙齿上的牙锈都逼真地绘制了出来。这幅画感动了很多人。改革开放了，我们逐步过上了好的生活，我们脱离了贫困，脱离了那种没有文化的状态，但是我们是从哪里来的？我们其中一些人的父辈就曾经是这个样子，所以观画者很自然地就产生了一种对我们的父辈的感激之情。这幅画一时很轰动，这就是一幅后现代主义的绘画作品。

后现代主义这种理论或者说这种精神渗透到文学领域，催生了一系列作品，例如荒诞派戏剧。有一部很有名的荒诞派戏剧叫作《等待戈多》，作者叫塞缪尔·贝克特，是爱尔兰的一个艺术家、剧作家。《等待戈多》这部戏初看时可能会觉得非常之无聊——台上有一棵并不好看的树，然后出来两个人说要一起等一个人来，等谁来？戈多。戈多是谁？为什么要等他？一概不知。观众也跟着等，左等不来，右等不来。这时候有个小孩跑上台说戈多今天不来了，明天一准儿来。第二天依旧是等待，重复了第一天的故事。就这么简单的内容，居然就构成了一部剧。第一次看到这部剧时，观众的反应简直是目瞪口呆，但实际上它是有深刻的内涵的。它反映人类总是有一种愿望，总是在等待着什么，但是等来等去，老等不来。怎么办？接着等。它暗示了人生就是一场无尽无望的等待。

后来在法国又出现了新小说派，在美国出现了黑色幽默派和垮掉的一代，也有人把马尔克斯的《百年孤独》归到后现代主义里面，因为它出现得比较晚。现代主义和后现代主义之间的界限不是那么容易划清，尤其是在文学领域。

我是一个20世纪40年代出生的人，现在马上就要满80岁了，很惭愧，我的文学阅读记忆里面，绝大多数都是比较古老的，甚至可以说是陈旧的内容。如果对这些新近的作家或者是新荣获桂冠的作家感兴趣，读者们可以多浏览相关的报道和评论。有的作者在获得诺贝尔文学奖之前，因为有风向标，预示他要得奖，中国有的出版社就会买下其著作版权，提前翻译，有的则是在作家获奖以后，出版社联系版权，予以翻译。这对读者来说都是好现象。

所以，我们这个国家确实是在改革开放，我们的文学领域能容纳下全世界的出彩的作品。

诺贝尔文学奖二三事

目前，网上已经出现了一些关于今年诺贝尔文学奖花落谁家的猜测和议论。每年都会有这种情况出现。我聊一聊我所知道的诺贝尔文学奖。

诺贝尔奖实际包含很多奖项，目前是六个。诺贝尔在 1895 年留下遗嘱，要用他的钱作为基金设五个诺贝尔奖，三个是自然科学方面的：一个是生理学或医学奖，一个是物理学奖，一个是化学奖。这三个奖项自颁奖以来影响特别大。然后还有文学奖以及和平奖。一直到 20 世纪 60 年代，才设置诺贝尔经济学奖。

我曾经听到一种说法，声称诺贝尔文学奖是由瑞典皇家文学院来评定和颁发。这个说法是错误的。诺贝尔奖设置以后，不同的奖项由不同的机构负责评定和颁布。生理学或医学奖由卡罗林斯卡学院（曾名皇家卡罗琳学院）来评定，化学奖和物理学奖由瑞典皇家科学院来评定。偏偏文学奖所交付的机构不属于皇家。以往一些新闻报道里面说皇家文学院颁发诺贝尔文学奖，这个说法是不对的。那文学奖由谁评定和颁发？答案是瑞典文学院，它不属于皇家，所以不可以叫成瑞典皇家文学院。瑞典文学院有十几位院士，一旦评上院士就是终身的，由他们来评定诺贝尔文学奖。

我还看到过一种误解，有人说：诺贝尔文学奖是西方文学奖，他们西方就是有偏见。有没有偏见这个问题咱们另说，但是笼统地认为诺贝尔文学奖是西方文学奖的说法不准确，而且会产生误解。有的年轻人误以为诺贝尔文学奖是由美国、法国、德国、英国这样一些西方国家一块评选，然后颁奖。甚至有人说是美国阻挠中国作家得诺贝尔文学奖，这些说法是大误会。诺贝尔文学奖是西方的文学奖这个说法总体来说并不错，但它并不是由西方的国家组合起来，形成一个评委会来评奖。瑞典是一个国家，诺贝尔文学奖是由它的机构瑞典文学院来独立评定公布的。大家可以查资料，自从进入 20 世纪的后半叶，瑞典文学院对美国作家就很冷淡，很多年都没有美国作家得诺贝尔文学奖。直到前几年，准确地说是 2016 年，才给一个美国人颁发了诺贝尔文学奖，而且这个人还不是个作家，而是一个摇滚歌手，叫鲍勃·迪伦。当然，他得文学奖也勉强说得通，因为他的歌词是他自己写的，他因为这些歌词而得奖。到 2020 年，瑞典文学院再次青睐美国作家，由美国女诗人露易丝·格丽克得了奖。

所以，不要认为诺贝尔文学奖跟美国有很大关系，好像是由美国来操纵这个奖项，或者是由法国、德国、英国。都不是。诺贝尔文学奖是由瑞典这样一个北欧国家来评定的。

还有一种说法，我想根据我自己的经验做一些解释，供大家参考。有人说："我看有些作家的作品特别好，就应该得诺贝尔文学奖，为什么不给他呀？"比如说，有的 80 后特别喜欢路遥的《平凡的世界》，就说这个可以算中国现当代文学作品第一名，就应该给他颁发诺贝尔文学奖。个人对路遥有这种高评价，我也很理解，我也不反对他们这种想法，但是他们的误区在哪里呢？第一，诺贝尔文学奖只颁给活着的作家，如果作家已经去世了，就不会再给这个人评奖了。不过，在诺贝尔奖的颁奖历史上有过一次例外，那次的情况是已经定下来这个人得奖了，但是还没有公布，这个人就去世了。后来评委会还是给他颁了奖，因为在他死之前已经评出来了。这件事发生在 20 世纪 30 年代，是一个极个别的例子。总体来说，诺贝尔文学奖的评定规则是不会授予故去的作家。

那么又有人说了，咱不说路遥去世以后，他在世的时候为什么不给他颁奖？有一个很简单的道理，要得这个奖就要进入诺贝尔文学奖的评奖程序，可能没有人帮他进入这个程序。什么程序？第一步，要有人推荐，推荐的人还不是一般的人，都得是有头有脸的人。具体是哪几种人呢？一种是瑞典文学院这种机构的人文科学院士，他们可以以个人的名义来推荐。另外，各国有影响力的作家协会的主席可以以个人的名义来推荐，美术家协会等机构的人来推荐是不行的。评委会也不接受任何机构推荐，不管是政府、政党或者协会、委员会、科学院、社科院等都不行。

实际上，从历年获奖的情况看，这些推荐也不是起主要作用的，起主要作用的是什么？有一项是已经获得过诺贝尔文学奖的作家的推荐。像莫言在 2012 年获得这个奖项，当然有不同的人在为他推荐，但最得力的推荐来自获得过这个奖的日本作家大江健三郎。

再以路遥为例，假使他当年想得这个奖——当然了，他本人可能不在乎——那就需要这样一些有身份的人站出来，向瑞典文学院推荐。

这个名人推荐也不是发表个言论、在报上登一个见解或者打个电话、拍个电报、发个声明等。这些都不行。推荐人需要写出详细的推荐报告，正式寄到瑞典文学院去。瑞典文学院有规定的时限，每年几月几号之前推荐报告要寄到，如果寄晚了，那就得顺延到下一年。

好，那么有人就说了，他们为什么不推荐路遥？其实啊，推荐的时候除了推荐报告以外，还必须满足一个条件——提供被推荐人作品的瑞典文翻译本。因为瑞典文学院是由瑞典的院士组成的，据我所知，前些年除了有一个人可以看懂中文以外，其他人都不能阅读中文——你写得再好，他们也看不懂。

《平凡的世界》当时有瑞典文的翻译本吗？好像是没有。那么有人就说了，瑞典文是小语种，非得翻译成瑞典文才行吗？其实，不光是中国人提出这个疑问，包括美国、英国、法国、德国这些本国语言在世界范围内更为普及的国家，也有人发出质疑的声音，说这个要求太苛刻了，瑞典就那么一点人，就算要翻译，全世界的民族有那么多，你们评委会有那么多懂各种不同语言的人吗？翻译得过来吗？

因此，在 20 世纪后半叶，瑞典文学院就放宽了标准，如果没有瑞典文的译本，那必须得有至少一种西方主要语言的译本，比如英文、德文或法文的译本。像西班牙文、阿拉伯文、葡萄牙文的译本等都不行。

一个中国作家想得诺贝尔文学奖，必须要有西方几个大语种的译本，莫言就符合这个条件。在获奖之前，莫言的作品已经有数十种不同语言的译本了，像英文的、法文的、德文的都有。但是据我了解，他后来得这个奖，瑞典文学院还是苛刻地提出来要有瑞典文的译本。他原来有一些书有瑞典文译本，可是不够多，后来由斯德哥尔摩大学的陈安娜——一个年轻的瑞典翻译家，翻译了他的《蛙》和《丰乳肥臀》，这样他才万事俱备，只欠东风，就等着评委会的结果了。

在评审之初，有时候瑞典文学院收到的推荐会非常多。我打听过，到1月底，那一年的推荐有时候甚至可以达到一两千个，不同国家、不同地区的推荐人都把推荐材料寄到瑞典文学院，评委会的人就开始开封来看，很快就淘汰掉一批。淘汰掉哪一批？无权威身份的文学爱好者、机构、团体的推荐以及个人的自荐。这些都属于不合格的推荐，是无效推荐。

剩下的几百个被提名的人归在一起被称为"长名单"，在4月份的时候，评委会会再开一次会，根据各种评判标准筛一遍长名单，筛到最后大概剩下一二十个人。到5月份时，评委会会再从这一二十人中筛选出最终进入决选的五人左右的名单，被称为"短名单"。这个时候评委会的工作人员就会把这五个作家的翻译成瑞典文或者是西方主要文字的译本分发给各位院士，让他们去阅读，一般会给他们三个月的阅读时间。到了 9 月份再次召集大家开会，讨论这五个人的作品并投票，多数情况下是得票最多的那个人获奖，有时候会出现两名入围者得票一样的情况，那么这两个人将共享这份荣誉，三个人一块得诺贝尔文学奖的情况目前还没出现过。确定了获奖者后，主办方就会通知获奖者，让他准备一个发言。10 月上旬的时候，主办方会在瑞典文学院举办一个活动，请最终获奖者发表演说。到了 10 月下旬，将举办正式的颁奖礼，颁奖礼在瑞典首都斯德哥尔摩的市政大厅举行，瑞典国王和王后将会出场，亲自给获奖者颁奖。

整个流程当中最重要的环节就是作家要有瑞典文的翻译本。所以从这个角度来说，诺贝尔文学奖是一个西方人的奖，一点都不错。它是瑞典这个国家的奖，是瑞典文学院的院士们评出来的一个奖，它首先要求提供瑞典文的文本，即使后来放宽到英文的、德文的、法文的译本，但是据我了解，到头来还是要求作品翻译成瑞典文。即使不是所有作品都要翻译成瑞典文，起码几个主要作品要翻译成瑞典文。

20 世纪我和瑞典文学院的一位院士马悦然有交往，马悦然是他的中文名。他是一个瑞典人，但是他很早就学会了中文，并在瑞典的斯德哥尔摩大学任教，最后成为正教授，被选进瑞典文学院做院士。

　　他是瑞典文学院十几个院士当中唯一懂中文的人，因此他对中国作家获得诺贝尔文学奖起着很重要的作用。第一，他是院士，院士本身有推荐权；第二，没有瑞典文译本，他翻译过来就是了，他翻译了就有瑞典文译本了；第三，他还可以写推荐报告。所以，原来有他在，中国作家获得诺贝尔文学奖的概率会高一些。

　　马悦然亲自翻译了若干中国作家的作品，据瑞典人说，他的翻译水平很高，读他的瑞典文译本觉得跟瑞典人直接写的差不多。他是一位很值得我们尊重的汉学家，为中国作家获得诺贝尔文学奖做出了很多的贡献。2019 年的时候，九十多岁的马悦然去世了。他去世以后，瑞典文学院里面的这些院士，就没有一个人能够直接阅读中文了。

　　马悦然曾经翻译过中国现代作家沈从文的小说，翻译过不止一部，翻译的水平很高。在 1988 年，他曾亲自推荐沈从文，提供了沈从文的瑞典文译本，并且写了推荐报告。据马悦然亲口跟我说，第一轮讨论以后，很多院士读了他翻译的沈从文的小说，都觉得很好，有意在那一年把这个奖颁给沈从文。当时沈从文在我们国内的影响并不大，直到后来有一个人，名叫夏志清，他在哥伦比亚大学当教授，用英文写了一本书叫《中国现代小说史》，高度评价了张爱玲、沈从文的作品，以及钱锺书的长篇小说《围城》。

因为夏志清的这部《中国现代小说史》是用英文写的，他自己也没把它翻译成中文，后来有位叫刘绍铭的人士，把它翻译成中文，先在台湾出版，后来又在大陆出版，这才掀起了沈从文热、张爱玲热、《围城》热，热度越来越高，一直持续到今天。

马悦然跟我说，当时他推荐沈从文的时候，夏志清关于沈从文的评价还没有在中国大陆流传开来，很多人不知道沈从文。那个时候，大学里面讲中国现代文学史是不讲沈从文、张爱玲以及《围城》的。但是马悦然很兴奋，他觉得应该打听一下怎么联系沈从文，他就致电当时的中国驻斯德哥尔摩大使馆，找文化参赞，对方很礼貌地接了电话，他就问文化参赞："你们中国有一个作家叫沈从文，您知不知道怎么联系他？"参赞回应马悦然的第一句话是："谁是沈从文？没听说过。"一听这话，马悦然很失望，他也不便说这一年有很大可能要把这个奖颁给沈从文，因为如果说了就算泄密了，泄密在瑞典文学院是大忌。前两年不是有一个瑞典文学院院士的配偶就泄密了吗？这件事搞得沸沸扬扬，成为全球性丑闻，诺贝尔文学奖那一年就停颁了。既然这个参赞回答他说不知道沈从文是谁，那就别往下聊了。但是马悦然再进一步打听才知道，就在不久前，沈从文去世了，而诺贝尔文学奖是不能颁给已经去世的作家的。那个时候最后一轮投票还没有进行，如果最后一轮投票进行了，只剩了一个入选者的话，也可能把这个奖追颁给沈从文。但是当时沈从文只是进入到短名单，主办方在评定之前就知道他去世了，当然就没有评他了，最后选择了另外一个作家。

到了 2012 年，我们终于可以正式宣布，有一个用中文写作的纯粹的中国作家，获得了诺贝尔文学奖，他就是莫言。我相信今后会有越来越多的中国作家获得诺贝尔文学奖。但是话说回来，也不要把诺贝尔文学奖看得那么不得了，它不是一个全球文学联合会的奖，全球也没有那么一个机构，也没有那么一个奖。也不能笼统地说它是一个西方的奖，它只是北欧国家瑞典的一个机构——瑞典文学院的十几个院士每年讨论并投票所产生的一个奖项。只不过因为它从 1901 年开始颁奖，持续得比较久，其声名和影响力在世界上不断被新闻放大，人们也把每年这个奖当个新闻来听，比较感兴趣和好奇。

　　所以我建议大家最好以平和的心态来看待这个奖。一方面，它是一个有历史的奖项，因此对它感兴趣是应该的；另一方面，也不要把它看得那么要紧，有些作家没有得过这个奖，他们也一样伟大，像俄国的列夫·托尔斯泰，他 1910年去世，没有得过诺贝尔文学奖，但这对列夫·托尔斯泰在文学史上的地位一点儿都不影响。

复活的美神雕像

我和作家林斤澜交往比较深，我们俩经常在一起探讨文学艺术问题，他对我的启发特别多。有一次，他谈起法国作家普罗斯佩·梅里美的一部作品《伊尔的美神》。

梅里美是 19 世纪的一个法国小说家，他最著名的作品叫《嘉尔曼》，也可以翻译成《卡门》。这部作品后来被搬上了歌剧舞台，作曲很成功，编排也很成功，成为一个流传到今天的著名剧目。他还写了一些其他的作品，其中就有一篇叫《伊尔的美神》。

《伊尔的美神》讲的是一个什么样的故事呢？有一位年轻绅士，较为富有，他跟一个美丽的女子订了婚，所以他手上时时戴着一枚订婚戒指。他住在一栋别墅里面，还没有和他的未婚妻正式举行婚礼，所以他俩还没有住在一起。他和新娘都很愉快地期待着婚后新生活的开始。他喜欢打网球，婚礼前一天，他到别墅外面的草坪上和朋友打网球，因为觉得手上的戒指碍事儿，他就把戒指取了下来，往哪儿放呢？正好网球场旁边有一座铜像，是一座希腊美神的雕像，他就顺手把取下来的戒指套在了雕像的手指上。打完球以后，他去雕像那儿取戒指，不知道为什么，怎么也取不下来了。绅士想，兴许是热胀冷缩，可能到了晚上的时候再来取，就可以取下来。他就把戒指留在了雕像的手指上，自己回别墅休息去了。

故事讲到这里都是很现实的，是一个现实主义作家所写的现实场景。后面接着写，这天晚上，绅士正在他的卧室睡觉，突然听见楼下有动静。好像有人推开别墅的门走了进来，而且还"咚咚咚"上楼梯，往他的卧室这边走来。他觉得很奇怪，如果是一个普通人走动的话，没有那么大的声响，这个人好像身体很沉重，每一步都引起震动。这位绅士从床上坐了起来，惊悚地望向他的卧室门外，就看见一个"人"走了进来，谁？那座美神铜像。

第二天，用人发现绅士没有像平常那样按时起床，到他的卧室一看，见到一幅很古怪的情景——一个铜铸的美神雕像压在绅士身上，绅士已经被美神雕像压得窒息而死了，还没正式结婚就死掉了。人们就把他埋葬了。至于这个铜像，大家觉得它不吉利，就没再搁回原处，直接拉去熔化了，铸成了一口钟。这口钟后来就挂在当地教堂的钟楼上。

说来也奇怪，这口钟敲响以后，不仅没给这个地区带来吉祥，还造成了连续两年的冻灾，冻坏了当地的葡萄。

整篇小说就写了这么个故事，前面打网球的描写都很真实，后面铜像走上楼，压在这个青年绅士身上，就很魔幻。

林大哥跟我都是写小说的，我们写小说的路数基本上都是现实主义的，源于生活，然后用这些生活素材营造出一个文学的想象空间，把个人对生活的体味等加以升华，最后形成一个有意味的文本。

林大哥问我："你觉得《伊尔的美神》怎么样？"我说："我觉得很好啊，多有意思。"文学的一个很大的功能，就是审美功能，让读者在阅读当中产生快感。《伊尔的美神》阅读起来真是有快感，一切好像很不合理，一个铜像怎么会活了？但是细想又非常合理，因为根据西方的习俗，如果一个男人往一个女士的手指上套了订婚戒指，就意味着他要跟她结婚，她就是他的女人了。绅士打网球，为了方便，取下自己的戒指，套在女神的手指上。女神就觉得：你对我有意思，你要娶我为妻，我晚上就找你去。这个女神就找他去了，压在他身上去跟他亲吻，没想到女神非常重，把他给压死了。

我们当时就讨论梅里美怎么这么写，确实很怪异。林大哥就告诉我，其实也是对我进行启发，说我们虽然是写现实主义的作品的，写生活当中的真实的人物、事件，但是也要有想象力。

其实林大哥的作品向来很有想象力，比我强多了。但在讨论《伊尔的美神》这篇小说的时候，他就说："应该学习人家，写现实是现实主义的写作路数，但是也要有充沛的想象力，你看这个想象多好。"我说："是，我觉得这篇小说还是很有意义的，它说明一个人不能轻易对人许诺，许诺以后是要兑现的，自己不主动不兑现，人家就要亲自来兑现。"

我们俩讨论了半天，都觉得这篇小说既有趣又优美，并且有着深刻的含义，很值得我们从中去汲取营养。

我跟林大哥讨论《伊尔的美神》的时候，已经是改革开放之后，那个时候关于写作路数的讨论在文学界已经展开了。其实，改革开放以前，人民文学出版社翻译出版过梅里美的小说，但是只收录了部分，也不太被人重视。改革开放以后，中国门窗大开，西方文学艺术被大量地介绍到我们这边来。林大哥是在重读梅里美的作品后跟我讨论这些的，我们也知道了后来又有新的文学流派出现。因为《伊尔的美神》是一个古典作品，是 19 世纪的文学作品，20 世纪以后西方的文学有了长足的发展，兴起了现代主义，后来又出现了后现代主义。

林大哥指出，虽然我们把梅里美定位为一个现实主义作家，但实际上，他的现实主义作品里面，有象征的成分，这"伊尔的美神"就是一个象征。

文学发展流变中的各种主义，是后来的文学史家、理论家加以归类并贴标签形成的，实际上你中有我，我中有你——现实主义当中有浪漫主义，浪漫主义当中有现代主义，现代主义当中也能找到一些古典现实主义元素。所以我们俩得出一个结论，要多阅读各种各样的文学作品。林大哥对我的启发是，我的现实主义写作需要注意的一个方面是想象力。这不是说我要去写现代主义的作品，我要去搞象征主义，而是我的现实主义作品里面应该有一些类似梅里美笔下的美神这种跳脱常规的想象。

林大哥从梅里美的《伊尔的美神》里面得到了真传，他跟我这么讨论，不是说完就过，他后来真把他的体悟融入到了他的写作当中，就有了《溪鳗》这篇具有象征主义色彩的现实主义短篇小说。

会变质的友谊

　　有一部我非常喜欢的小说，叫《约翰·克利斯朵夫》。《约翰·克利斯朵夫》是一部长篇小说，作者是法国作家罗曼·罗兰。罗曼·罗兰1866年出生，1944年去世，横跨19世纪和20世纪。罗曼·罗兰有一句名言："世界上只有一种真正的英雄主义，那就是在认清生活的真相后，依然热爱生活。"他是一个主张英雄主义的人，强调每个个体生命在世界上生存，都应该争取做出一番事业，成为一个英雄。

　　他提倡英雄主义，体现在他连续写的几部伟人传记上，他欣赏的英雄有哪些？他有一部伟人传记写的是意大利文艺复兴时期的一个画家、雕塑家，同时这个人在自然科学、天文学方面也有很多的建树，这个人就是米开朗琪罗。另外，罗曼·罗兰还写了德国音乐家贝多芬的传记，又写了俄国作家列夫·托尔斯泰的传记。他说，这三个人可以作为英雄人物来看待。这三个人都不是政治人物，而是在文学和艺术领域做出斐然成绩的人物。他认为这些人有一个共同点，那就是他们怀抱理想，尽管他们发现了现实中很多的不如意之处，甚至还有很多阴暗面，但他们却不失望。他们奋斗、抗争，他们在认清生活的真相以后，依然热爱生活。

罗曼·罗兰宣扬的就是这样一种英雄主义的观点，他的长篇小说《约翰·克利斯朵夫》就体现了他这一观点。这是一部篇幅浩大的长篇小说。在这本书中，他写了一个德国音乐家的一生。他给德国音乐家取名为约翰·克利斯朵夫。实际上这个人物的原型就是贝多芬。

这部小说很早就翻译到中国来了，我读到的最好的译本是傅雷的译本。这部长篇小说刚翻译成中文以后是分成四卷出版的，现在新的译本也有分成两卷本的，总之篇幅很长。小说的第一句从法语翻成中文以后，傅雷用了四个字——江声浩荡。在德国的一个小地方，有一间屋子，屋子外面是一条江，江水奔腾不息，发出的声音是浩荡的，约翰·克利斯朵夫在这间屋子里诞生了，他周围的环境仿佛跟他的生命相呼应——江声浩荡。读这篇小说要有耐心，因为它的篇幅很长，作者从主人公的诞生写起，进而写他的童年时代、青年时代，然后是壮年，讲述了他的一生。

约翰·克利斯朵夫在少年时初次尝到了友情的滋味，后来又初次尝到了爱情的滋味，最后他走向广阔的世界，从德国来到了法国巴黎。巴黎那时是欧洲文化艺术的中心。那时候他已经是一个成年人了，事业上小有成就。在巴黎，他发现他原来所向往的那个艺术之都，跟一个杂耍市场一样；那些原来他所崇拜的文学界的名人，骨子里却透露出庸俗腐朽。他最后就在巴黎这个被他称作"杂耍市场"的地方，战胜各种庸俗、各种腐朽，刻苦创新，写出了伟大的音乐作品。

罗曼·罗兰写了这个人的一生，其中第一卷里面写了新生命的诞生，第二卷里面写到约翰·克利斯朵夫初次体验了人与人之间的一种特殊的关系，那就是友谊。

约翰·克利斯朵夫认识了一个跟他同龄的人，名叫奥多。他们两个作为童年的玩伴，深入交往以后特别愉快。约翰·克利斯朵夫发现，原来生命不是孤独的，还有另外一个人能跟自己产生共鸣。他们俩一起在田园里面嬉戏，一起追求文学艺术领域的才能发挥，非常美好。

后来因为种种原因，他们两个分开了。小说的后半部写约翰·克利斯朵夫到了巴黎后，遇到了童年时代的好友奥多，这时候他发现奥多完全跟他不一样了，他自己还保持着一颗纯净的童心，还希望自己能为真理而战斗，不被社会名利场的一些污浊的东西污染。可是这时候的奥多俨然成了一个融入庸俗社会的凡夫俗子，表面上很体面，成了高级职员，但是他不懂得什么是纯粹的情感，因此约翰·克利斯朵夫大失所望。

我读小学的时候，对友谊也很是向往，而且和当时的少年友伴也建立了很亲密的关系，很美好。当时我读了这部小说后面这部分，很受刺激，就想：难道在我今后的生活当中也会有这样的情况吗？若干年过去，等我长大成人，进入社会以后，回过头一看，发现我早期所交往的那些好朋友，用北京话来说就是哥们儿，有的变得非常虚伪、虚荣、世故。没想到真就印证了小说里面的这种描写。这说明书中关于友谊的描写不光适用于德国、法国，乃至欧洲，也适用于各国各民族，适用于全人类。当穿越生命的长河时，我们都会有这样的遭遇。

原来我不相信那么纯真的少年友谊会变味，等到成年以后，我就尝到一种苦涩的滋味。我在跟约翰·克利斯朵夫一样经历了童年友伴的变化之后，一开始很受刺激，一度怀疑是否还有真诚的友情存在。越想越悲观，越想越绝望。但后来我振作起来，就像罗曼·罗兰说的，在认清生活的真相以后，我依然选择热爱这个世界，我依然热爱生活，我依然执拗地寻找着真正的友情。后来我发现，只要你努力，真正的友情还是有的。友情如此，爱情更是如此，亲情也一样。所以，《约翰·克利斯朵夫》是一部对我们的人生很有参考价值的长篇小说。

现在有一个说法，说罗曼·罗兰在西方是一个二流作家，如果你想读文学作品，不要读一个二流作家的作品。我个人认为，一部作品究竟能不能滋养你的灵魂，能不能给你阅读的快感，能不能让你有收获，不在于那些七嘴八舌的议论。有一条定律叫梅耶荷德定律，这条定律认为，一个真正好的作品，总是有些人很喜欢，而有些人就撇嘴，认为很糟糕。

为什么罗曼·罗兰后来遭到这样一种负面的评价呢？大概是因为，在罗曼·罗兰晚年，他的现实主义的文学观，现实主义的笔法，以及他所构筑的现实主义小说，受到了冲击。那个时候西方现代主义已经诞生了，卡夫卡、弗吉尼亚·伍尔夫、乔伊斯等现代主义作家相继出现。而且现代主义作家对现实主义作家往往持否定态度，因此对罗曼·罗兰也就有了一些负面评价。我建议，大家不要受这些议论的影响，找来《约翰·克利斯朵夫》自己读一读。

没意思的故事

　　俄国有一个伟大的作家叫安东·巴甫洛维奇·契诃夫，契诃夫是世界公认的短篇小说圣手，同时他也是一个出色的剧作家。有的读者可能会说："我知道，我们中学课文里面选过契诃夫的短篇小说，像《套中人》《小公务员之死》。"其实，根据中学课本里面的一些文章去认识一个作家，是有局限的，因为中学语文教学的主要目的是为了培养学生的阅读和写作的基本功，所选的篇目都是这些作家的作品当中比较浅显的，比较适合进行语文训练的。

　　像冰心老前辈，她的《小橘灯》因为被收录在课本里面，大家比较熟悉，其实冰心的代表作绝不只是《小橘灯》。契诃夫也一样，他的很多小说都很优秀，但是大都不适合收在课本里面，所以如果不去读这个作家更多的作品，就没法知道这个作家真正的闪光点。

这里我推荐契诃夫一篇经常被忽略的小说，叫作《没意思的故事》。小说题目叫《没意思的故事》，我觉得读来其实很有意思，得静下心来，慢慢来读。

这篇小说讲一个功成名就，已经成为科学院院士的老人，他什么都有了，不愁吃不愁穿，但是，步入晚年后的他觉得很空虚。他的妻子跟他走过了很长一段人生道路了，一开始还好，但后来他的妻子渐渐沉迷于他所获得的那些名利、地位里，变得很庸俗。契诃夫的小说和戏剧的一个贯穿性的主题就是反庸俗，不停地提醒我们要懂得人活在世界上是很容易流于庸俗的。

什么叫庸俗？庸俗就是把现实社会当中的名和利看得特别重，在今天来说，就是把类似房子、车子、存款、头衔这些看得特别重。

这篇小说里面的主人公什么都有了，但是他忽然觉得还没有找到生存的意义。人究竟为什么活着？这是一个不庸俗的人要不断思考的问题，可是那时候他的妻子跟他已经完全不同步了，她每天跟他说的一些话，在他听来都是很庸俗的。院士和他的妻子有一个女儿，女儿从小在呵护里长大，在音乐学院上学，也变得很庸俗，除了追求她在音乐事业方面的名利以外，很少有其他考虑。院士还收养了一个女孩叫卡嘉，她的父亲当年也是一个院士，和主人公是同事。不幸的是，卡嘉的父母都去世了，主人公就把她收养了。

小说里面，卡嘉是一个什么样的人物，有什么故事？卡嘉是一个很慵懒的女孩子，因为她去世的父亲存有一大笔钱放在院士这儿，她随时可以支取去花销。她在经济上是无忧的，可是她不好好地按规矩过日子，她想当演员。她觉得这是自己人生的一个理想，要克服所有困难去追求，她居然真就追随一个巡回演出的剧团而去。这个剧团并不是什么知名的艺术团体，一路巡回演出也挣不着什么钱。

在演出的时候她很快活，但是也出不了名，因为要出名的话，得在莫斯科或者圣彼得堡的大剧院演出。而这个剧团只是一个巡回剧团，甚至经常要到远东去演出。在巡回演出过程当中，她和一个男演员相爱了，相爱以后还怀孕了，后来又流产了，最终两个人还分开了。

小说写得很有意思，那位精神空虚的老院士忽然从卡嘉这样一个女孩子身上发现了闪光点，发现了卡嘉生命当中闪亮的东西。什么东西？卡嘉始终没有放弃她的追求，失败了就重新振作起来，再去追求她想获得的成功。

但是卡嘉到头来也没有真正圆自己的梦。

院士后来找到卡嘉，他觉得她这样一个年轻的生命，像一束光照过来，照亮了他。他要向年轻人学习，向卡嘉学习，要孜孜不倦地继续探索"人活着的意义是什么"这个伟大的命题。

我看了这篇小说以后很受震动，坦率地说，我在年轻的时候就读过这篇小说，当时读不懂，不喜欢。后来，我也算有了一些名利，这个时候再来读，这篇小说的文字就击中了我。于是，我扪心自问，我所获得的一些奖项、奖励，或者因为写作而获得的一些金钱，或者一些出风头的机会，究竟有多大的意义？生命的真谛究竟是什么？

最终我得出结论，我要超越名啊利啊这些表面的东西，我应该追求深层次的东西。

这篇小说后来我又读了不止一遍，我喜欢它的题目——《没意思的故事》，文字越读越有意思。契诃夫除了是短篇小说圣手，有无数的优秀短篇小说以外，他还是个剧作家，他的剧本创作是有开创性的。他的剧本很适合作为文学作品来阅读，但是搬上舞台是很困难的事情。他有一部戏，第一次搬上舞台的时候彻底失败，还没演完，观众就起哄，这部戏就是《海鸥》。那天晚上，契诃夫在大街上淋着雨走了一夜，心里很悲凉，没人理解他。

但是随着时间的推移，又由于有斯坦尼斯拉夫斯基这样伟大的戏剧家妥善处理，他的这个剧本最终以崭新的面目重新出现在舞台上。后来他的一系列剧本演出都获得了成功。一些观众开始理解，这个故事看起来好像没什么情节，人物也都不是什么英雄，都是一些普通人，但契诃夫写出了他们的哀愁，写出了他们的追求。他们可以从中获得一种感受，那就是人应该超越庸俗，应该活得更高尚、更美好。

契诃夫有一句名言："人的一切都应该是美的：面容、衣裳、心灵、思想。"他的小说和剧本都体现了这样一种精神。他后来出名的几个剧本《万尼亚舅舅》《三姊妹》《樱桃园》在中国的话剧舞台上都演出过，建议大家观看。

阅读文学作品最好不要只追逐那些最新的、最时髦的东西。新的东西要接触，其中有的作品阅读以后可能也会使灵魂更上一层楼，但是那些经过若干代人的阅读检验出来的黄金般的经典作品，如契诃夫的短篇小说和他的戏剧剧本，却永不过时，值得一读再读。

梅耶荷德定律

在文艺界有一条定律，叫作梅耶荷德定律。梅耶荷德是一个苏联戏剧家。他于 1874 年出生，1940 年去世。

对戏剧感兴趣的读者应该都知道，苏联曾出现过一个了不起的戏剧家，名叫斯坦尼斯拉夫斯基。他提出了一整套独特的戏剧理论，形成了一个独特的表演体系，即斯坦尼斯拉夫斯基体系，一般简称为"斯坦尼体系"。斯坦尼斯拉夫斯基是 1863 年出生，1938 年去世的。斯坦尼斯拉夫斯基的戏剧理论得到当时苏联官方的充分肯定，很多戏剧都是根据他的这个理论来排演的。

斯坦尼体系的核心要素是体验，所以又把以他为代表的表演学派叫作"体验派"。什么叫作体验？即要求演员在扮演一个角色的时候，要想尽办法把自己变成角色，要体验这个角色的生命状态，体验角色的心理，为演员在舞台上的每一个活动、每一句台词提供真实的心理依据。

改革开放以前，在中国的话剧舞台上，体验派是占上风的。戏剧学院培养演员，电影学院培养演员，都会让他们学习斯坦尼体系，让自己跟角色合而为一。

几乎是同时代，世界上出现了另外一个戏剧家，是一个德国人，叫布莱希特，他是1898年出生，1956年去世的。当时德国是纳粹当政，因为是左倾分子，布莱希特后来到苏联去生活，去排剧，他就提出了和斯坦尼斯拉夫斯基完全不一样的一套表演体系，叫作"表现派"。

斯坦尼斯拉夫斯基要求演员和角色融为一体，从体验入手去进行表演。布莱希特却主张一种间离效果，即演员要很清楚你是在演一个你之外的人，你和这个角色之间要保持距离，这样的表演就和体验派的表演完全不一样。表现派也要求观众能明白，你现在是在看戏，你和舞台上的表演之间也要有一个间隔，有一个距离；而体验派则要求观众看戏时要入戏，跟舞台上的演出同步，一会儿悲伤，一会儿欢乐。这两种体系的表演都有获得成功的剧目。

那么，现在就说到梅耶荷德了。在斯坦尼斯拉夫斯基和布莱希特的戏剧同时在苏联盛行的时候，梅耶荷德横插一杠子，搞一种先锋派的戏剧。这在当时的苏联是吃不开的，所以他没有什么体系，但是他的戏剧演出一度也挺博人眼球，也挺轰动的。

当然，当时的戏剧家像斯坦尼斯拉夫斯基、布莱希特等，对他也都很客气，但梅耶荷德在当时的情况下多少有些郁郁寡欢，因为他的戏剧主张不被认为是一种成体系的东西。

到了 20 世纪 30 年代末 40 年代初，当时世界上有一个观点认为，在人类的文明史上，戏剧表演发展到这个阶段，有三大体系：一是斯坦尼体系，二是布莱希特体系，三是京剧艺术体系。1935 年，梅兰芳带了一个表演团体到苏联进行访问，在莫斯科待的时间也挺久，他和斯坦尼斯拉夫斯基、布莱希特、梅耶荷德都有接触，都有交流。当时苏联还有两个电影导演是国际有名的，一个叫作爱森斯坦，一个叫作普多夫金。看了梅兰芳的演出以后，这些人全都呆住了。斯坦尼斯拉夫斯基那么一个大艺术家，他的体系那么受推崇，但是他也为梅兰芳的表演惊呆了——原来戏还可以这么演！布莱希特也惊呆了，心说：我这个表现派就够创新的了，没想到山外青山天外天，还有更新鲜的。

梅兰芳演的是京剧，京剧是一种什么样的艺术？如果说斯坦尼斯拉夫斯基是体验派，布莱希特是表现派，京剧就是写意派，它完全是另外一个表演体系。京剧从演员装扮上，比如脸谱，就是一个符号，不同的脸谱就告诉你这个人是忠是奸，是好是坏，是正常是奇怪；舞台上出来四个兵，就代表千军万马；演员手里挥着一根艺术化的马鞭，就代表着骑马前行；一个演员拿一个桨，就表示在划船，另外两个演员蹿过去，身子一高一低，就表示这个船在颠簸。而且梅兰芳是一个男子，他却扮演女性，他那双灵巧的手把这些人全都惊呆了。

后来爱森斯坦还拍了电影，记录了梅兰芳的演出，他十根手指头捻作兰花指，能够做出那么多的变化，表达出那么多复杂的感情，不得了。

回过头来再说梅耶荷德，当时他看了梅兰芳的演出以后也激动得不得了。后来参加有关的讨论，他不再为自己争取一个体系的代表人的席位，他觉得戏剧表演确实有三大体系值得尊敬，就是前面说的斯坦尼斯拉夫斯基的体验派，布莱希特的表现派，再就是以梅兰芳京剧演出为代表的写意派。

梅耶荷德的戏剧生涯是很艰难曲折的，他通过自己的坎坷经历，总结出了一个定律，这个定律后来流传得很广。梅耶荷德定律说的是，一个艺术家创作一个作品以后，怎么样叫作成功，怎么样叫作失败？这个定律有三条。

第一条：一个作品公开以后，如果所有人都说好，那么就不用讨论了，这个作品彻底地失败了。

第二条：如果作品公开以后，所有人都说不好，那么当然就是失败的。不过这种失败和第一种失败不一样，这种失败说明你的作品多少还是有一些独特的东西。

那么什么叫作成功？如果一部分观众或读者看了以后喜欢得不得了，而另一部分人看了以后气得不得了，那不用讨论，这个作品就大获成功了。这是定律的第三条。

他根据自身编导戏剧的经验教训，总结出来这么一个定律。对于这个定律，我不做更多的讨论。但是我觉得它很有意思，值得每一个搞创作的甚至不搞创作而单纯作为欣赏者的人深入思考。

单说第三条，一部分人喜欢得不得了，一部分人讨厌得不得了。这暗合了文学艺术自古以来就有的一个特质——它是面对观众和读者的，它和政治、经济领域的现象不一样，面对一个文艺作品，有时候你很难说它是对是错，很难说它一定是好或一定是坏。所谓萝卜青菜各有所爱，它强调的是文学创作的多样性，强调的是我们作为读者和观众审美取向的多种性。

第四辑　读书与写作

不要生春天的气

　　大家可能觉得这个题目有点儿古怪，春天多好，怎么还有人生春天的气呢？春天代表着对沉闷的冬季的一种突破，吹来新的风，树枝上长出新芽，花朵开始开放，出现一派新气象。但是有时候，有的人还是要生春天的气。

　　在法国首都巴黎有一条最美的大街——香榭丽舍大街。1913 年春天，这条街上的一家剧院，此时正在上演一出新的芭蕾舞剧。这部舞剧的作曲家名叫斯特拉文斯基。斯特拉文斯基是一个美籍俄裔作曲家，他出生在 1882 年，1971 年去世。这部芭蕾舞剧叫《春之祭》——春天的祭祀。斯特拉文斯基早就在作曲方面有了一些新的尝试。1910 年，他创作了一部芭蕾舞剧《火鸟》，这部舞剧的音乐怪怪的，已经有人觉得听不惯了。

《春之祭》在剧院开演那天，乐师在前面指挥棒一动，音乐迅速响起，观众大吃一惊，短短的几个小节进行了数次变调。没有惯常的旋律感，都是些稀奇古怪的声响。不光乐曲古怪，大幕拉开，舞台上呈现的舞蹈也都是观众以前没见过的。真是闻所未闻，见所未见。

有一些习惯了传统艺术的观众忍不住发出嘘声，然后就开始高声抗议："这是什么啊？难听死了，难看死了！"可是也有一些支持创新，期待着这次演出有所突破的观众，要求那些抗议者停止喝倒彩："嚷嚷什么？你们不懂就别嚷。"对方就说："我们怎么不懂，你们才是外行。"双方就开始对骂，从坐着骂到站起来骂，有的人跳上座椅，发生肢体冲突，还有的人开始扔东西。剧场大乱，舞台上的演员也没法往下演，最后不得不让警察来平息事端。

这就是 20 世纪有名的《春之祭》事件，最后成了西方文艺发展史上的一个重要的标志。

那么斯特拉文斯基到底在做什么？他还真不是胡来，他就是要创新，他想把芭蕾舞剧以一种崭新的面貌呈现在观众面前。他事先就知道会有些人不乐意，会有批评的声音出现，但是他没想到观众们的倒彩和批评会引发一场骚动。当然这也是一个巴掌拍不响，因为有一些情绪激烈的支持他的观众，特别是年轻观众，跟喝倒彩的批判的那拨人严重对立。

有意思的是，当时去看演出的观众里面，有一个大音乐家，叫圣-桑。圣-桑是法国的一个大作曲家，是音乐史上一个泰斗级的人物。《春之祭》上演的时候他已经78岁了，他比斯特拉文斯基大47岁。他知道斯特拉文斯基不守规矩，《火鸟》等一些作品就已经很出格了，换句话说就是他知道这人有"前科"。既然知道，他完全没必要去惹气生。可是圣-桑是一个什么样的艺术家，什么样的老头呢？他有一种什么心理呢？叫作音乐吾家事——凡是音乐上的事都是我家的事，我是老前辈，音乐泰斗，所有这些事我都不能够错过，我都得观察、监视。他那么大岁数了，那天还是去了，结果就气坏了。剧场乱起来的时候，不知道他这老头招没招到人家的太平拳，因为双方打起来不管不顾的。好在后来据报道说，他没受伤，但是他气坏了，他觉得音乐界出了大叛徒。

这出戏本来表现的是春天的一个祭祀活动，作曲家在配乐方面表达的是一种强烈的创新欲望，尽管相较古典乐派，这部作品显得很怪异，但应该还是有春天的景象的。

那场演出也有一些其他作曲家去看了，比如有一个作曲家叫拉威尔。拉威尔是 1875 年出生，1937 年去世的，他比斯特拉文斯基大 7 岁，算是斯特拉文斯基的一个音乐界的兄长。当时音乐一起，大幕一开，他也受不了，他也觉得不对头，但是他提醒自己要冷静，不要生春天的气。春天万物更新，它不能总是过去的老样子，总要有一些更新的现象出现，他就决定往下看。但是，没想到两边观众冲突起来了，打起来了。他没像圣-桑那样气得发抖，而是在剧场里劝架，他劝这一拨人，说："你们别这样，接受不了，可以尽管退出，起什么哄？"又跟那边说："你们喜欢，你们觉得好，你们也别打人家说不好的。"

这样，那天巴黎的香榭丽舍的剧场里面就出现了很有趣的景象。

我后来写了一篇文章，题目就是《别生春天的气》，我是这么写的——

其实春来也会春去，正是在四季的嬗替中，大自然和人类呈现出多元缤纷而非一元独霸的瑰丽景象。

斯特拉文斯基后来的作品，又从《春之祭》那种极端的做派柔和下来，他自己也觉得创新不能太过头，他的风格就往回收，他新创作的作品甚至接近了新古典主义。

我的书房里面保留着一些黑胶大唱盘，其中就有《春之祭》，也有拉威尔的《西班牙狂想曲》和圣-桑的《动物狂欢节》。他们的音乐我都听，作为一个晚辈，我都能接受。坦率地说，这三个人作的曲目里面，我最喜欢的还是圣-桑老爷子的《动物狂欢节》。《动物狂欢节》最后一曲叫作《天鹅》，这个曲子曾经在1905年由俄国的一个新锐舞蹈编导福金改编为一支芭蕾独舞，名叫《天鹅之死》。

我在书房里面把这些音乐都听了，我有了这样的心得，就是圣-桑真不该为春天生气，他应该憬悟，斯特拉文斯基这种作品只是在为人类增添更多的欣赏选择。他那古典主义的《天鹅》并不会因为"新春"的出现就成为秋叶、残雪而被淘汰，更何况他的《天鹅》也有非常多的可塑性。后来有人用大提琴演奏，又有人把它改成其他的乐曲，包括福金编舞的那一版《天鹅之死》，也并不完全符合圣-桑的初衷——《动物狂欢节》想表达的是一种欢乐的、恬美的、安静的意境，但是《天鹅之死》却分明是"春之乱花，莺之乱舞"，把原本优雅闲适的格调演绎成了悲从中来的凄怆。

但是回过头来看，圣-桑的曲子不朽，拉威尔的《西班牙狂想曲》不朽，斯特拉文斯基的《春之祭》，包括他后来的一些曲子，也不朽，都成为人类音乐宝库中的瑰宝。

所以现在我读一些新锐作家的作品，有时候我觉得不该这么写，但我就提醒自己，"不要生春天的气"。春天总是会不断出现的，新人总是会辈出的，新作品总是要不断登场的。

为春天欢呼，不要生春天的气。

一种疯言

在阅读小说的过程当中，如何欣赏作者的叙述调式呢？当然，不光是小说，其他体裁的作品也有不同的叙述调式。比如诗歌，不同的诗歌的调式也是有差别的，有的还有重大差别，散文也是如此，而小说作为一种叙述文本，尤其是这样。

以鲁迅笔下小说的语调为例，鲁迅写了不少的短篇小说，他不但构思很好，叙述得很好，思想内涵更不需要说了，都很深刻，而且他很注意在不同的篇章当中，运用不同的叙述语调来感染读者。

他公开发表的第一篇白话小说是《狂人日记》，这部作品的叙述口吻是模仿一个狂人——简单来说就是疯子，但实际上他笔下的这个狂人并不是真的疯子，他是一个对现实充满了愤懑，因此不断地发出呐喊，最早从封建愚昧中清醒过来的人。他用这个狂人的第一人称视角来写这篇小说，其调式是低沉的、亢奋的，最后发展到高声呐喊。

比如小说里面有这样一些语句——

晚上总是睡不着。凡事须得研究，才会明白。

他们——也有给知县打枷过的，也有给绅士掌过嘴的，也有衙役占了他妻子的，也有老子娘被债主逼死的；他们那时候的脸色，全没有昨天这么怕，也没有这么凶。

最奇怪的是昨天街上的那个女人，打他儿子，嘴里说道，"老子呀！我要咬你几口才出气！"他眼睛却看着我。我出了一惊，遮掩不住；那青面獠牙的一伙人，便都哄笑起来。陈老五赶上前，硬把我拖回家中了。

拖我回家，家里的人都装作不认识我；他们的眼色，也全同别人一样。进了书房，便反扣上门，宛然是关了一只鸡鸭。这一件事，越教我猜不出底细。

前几天，狼子村的佃户来告荒，对我大哥说，他们村里的一个大恶人，给大家打死了；几个人便挖出他的心肝来，用油煎炒了吃，可以壮壮胆子。我插了一句嘴，佃户和大哥便都看我几眼。今天才晓得他们的眼光，全同外面的那伙人一模一样。

想起来，我从顶上直冷到脚跟。

他们会吃人，就未必不会吃我。

你看那女人"咬你几口"的话，和一伙青面獠牙人的笑，和前天佃户的话，明明是暗号。我看出他话中全是毒，笑中全是刀。他们的牙齿，全是白厉厉的排着，这就是吃人的家伙。

照我自己想，虽然不是恶人，自从踹了古家的簿子，可就难说了。他们似乎别有心思，我全猜不出。况且他们一翻脸，便说人是恶人。我还记得大哥教我做论，无论怎样好人，翻他几句，他便打上几个圈；原谅坏人几句，他便说"翻天妙手，与众不同"。我那里猜得到他们的心思，究竟怎样；况且是要吃的时候。

凡事总须研究，才会明白。古来时常吃人，我也还记得，可是不甚清楚。我翻开历史一查，这历史没有年代，歪歪斜斜的每页上都写着"仁义道德"几个字。我横竖睡不着，仔细看了半夜，才从字缝里看出字来，满本都写着两个字是"吃人"！

书上写着这许多字，佃户说了这许多话，却都笑吟吟的睁着怪眼看我。

我也是人，他们想要吃我了！

…………

黑漆漆的，不知是日是夜。赵家的狗又叫起来了。

狮子似的凶心，兔子的怯弱，狐狸的狡猾，……

…………

没有吃过人的孩子，或者还有？

救救孩子……

这就是 1918 年发表的轰动全国并影响了一代人的短篇小说《狂人日记》。

那是一个黑暗的时代。那个时候，中国的封建社会已经发展到了腐朽不堪的地步，好不容易有了辛亥革命，推翻了清王朝的封建统治，但是军阀混战，帝国主义列强瓜分中国，中国人民仍然生活在苦难之中，中国仍处于半殖民地半封建社会。在那个时候，一般民众是怎样的呢？大多是很愚昧的。鲁迅的另外一篇作品《药》，曾被收录到课本中，小说里被杀害的那个人是一个革命者，他是为了改变那些穷人、那些被侮辱与被损害的人的命运而牺牲的。可是那些愚昧的穷人，一点都不理解。他们相信一个说法——犯人被杀头的时候，用馒头蘸刚喷出来的血，吃了这种血馒头能包治百病。《药》是一篇非常沉痛的小说。

《狂人日记》写得比《药》早，表达的也是同样一个意思，它里面多次写到吃人，写到把人的心肝挖出来用油煎了炒着吃，这是他根据生活当中的真实事件来写的。《药》里面被杀害的烈士的原型是秋瑾，她为了反抗清朝统治、推翻没落的政体、实现共和而起义，最后事情没有成功，被捕后惨遭杀害。她有一个战友叫徐锡麟，当时做了一件惊天动地的事情——他把当地的一个清朝高官给杀了。杀那个人的目的是要打击清朝的统治，他把那个人杀了，是为了让大家获得一个信号——这些腐朽的、没落的统治者是可以被杀、被推翻的。当时，完成刺杀后的他寡不敌众被捕，那些忠于高官的士兵，居然把他的心肝掏出来，切了炒了分吃。

所以他的这篇小说里面写了这样一些句子不是偶然的，而是有事实依据的，是很沉痛的，就是告诉大家，这样的一种体制，这样的一种社会，这样的一种局面，不能够再存在下去了。

不光鲁迅一个人，当时有一批人，像李大钊、陈独秀、胡适等，他们对中国传统文化的批判，对儒家孔学的批判，非常激烈。现在看来是不是觉得有点过头了，不够冷静了？确实，中国的历史、中国的文化传统不能够全盘否定，包括儒家孔夫子的那一套，其中也有精华。但是我们应该理解，中国历史发展到 20 世纪初的时候，传统文化所沉淀的一些东西多数都是糟粕，精华没有被人们很好地理解和继承，而那些糟粕却被统治者利用，拿来愚昧民众。正是因为当时的社会过于黑暗落后，所以鲁迅才通过《狂人日记》这篇小说，用这样的叙述语调，用疯人疯话，发出愤懑的控诉。

后来鲁迅先生把自己发表的一系列小说结成集子，印成一本书——《呐喊》。其中最著名的句子就是："没有吃过人的孩子，或者还有？救救孩子……"救救孩子的呐喊，回荡在当时的中华大地，激动了很多年轻人的心。

这里就不详细分析小说的思想内涵了，我就是想告诉大家，要懂得在阅读过程中，欣赏小说的叙述调式。鲁迅先生写小说不是全用一个调式，后来他又写了一些小说，集结为一个集子，取名叫《彷徨》。"呐喊"和"彷徨"的基调就不一样了。"彷徨"的深层含义是，现在革命虽然成功了，但是没有想到沉渣泛起，整个中国并没有如理想中的那样马上变得更好，所以革命者、革新者在进一步艰辛地探索中国的出路的时候，不可避免地会陷入彷徨的境地。就像我前面讲到过的一种情绪——惆怅，其实惆怅和彷徨是相通的。

一种低语

　　鲁迅先生的第二本小说集《彷徨》里面有一篇叫《伤逝》，《伤逝》的叙述调式就和《狂人日记》完全不一样了。《狂人日记》的叙述调式是亢奋的、愤懑的、呐喊的、呼唤的，《伤逝》却是低吟浅唱，是惆怅的、忧伤的、哀怨的，甚至可以说是有点儿缠绵悱恻的。

　　我在青年时代非常喜欢这篇小说的叙述语调，那时候我对这篇小说的主旨、思想内涵理解得还不是很深刻，但我就喜欢他的叙述语调，甚至大段地背诵过，比如下面这一段——

　　如果我能够，我要写下我的悔恨和悲哀，为子君，为自己。

新的生路还很多，我必须跨进去，因为我还活着。但我还不知道怎样跨出那第一步。有时，仿佛看见那生路就像一条灰白的长蛇，自己蜿蜒地向我奔来，我等着，等着，看看临近，但忽然便消失在黑暗里了。

初春的夜，还是那么长。长久的枯坐中记起上午在街头所见的葬式，前面是纸人纸马，后面是唱歌一般的哭声。我现在已经知道他们的聪明了，这是多么轻松简截的事。

然而子君的葬式却又在我的眼前，是独自负着虚空的重担，在灰白的长路上前行，而又即刻消失在周围的严威和冷眼里了。

这篇小说写的是新文化运动那个年代的一对青年男女，他们都对封建家庭的那一套持反对态度。男方早就脱离封建家庭，住在一个会馆里面。

什么是会馆呢？明清时期，北京有很多四合院或是比四合院更大的庭院，被各省的一些有钱人买下来，有些是被大富翁独资买下来，更多的是由一些富人集资买下来。买下来干吗？充当会馆。例如，如果是江西籍贯的人集资买下来的庭院就叫江西会馆。主要用途是什么呢？那时候科举考试，已经考中举人的考生到北京参加会试，这些各省举人少说也有上千人，他们如果在北京找旅馆住，第一旅馆供不应求，第二费用很高，第三也不利于他们之间相互切磋文采，所以大部分人就会到会馆来住。

会馆里雇有常年服侍这些举人的人，负责安排这些举人的饮食起居。各省都会有自己的会馆，比如江西籍贯的举人，他们到了北京以后就会住进江西会馆。鲁迅是浙江绍兴人，他就曾经住过绍兴会馆。由此可见，不但一个省会有自己的会馆，一些省里面的大城市，也会有自己的会馆。在会馆里面生活比较方便，大家都是同乡，说起话来互相听得懂。所以，在当时的社会，北京的各地方会馆是一个很重要的空间。

后来，科举考试没有了，这种会馆却还存在着，成为各省的人常去的一个招待所性质的地方。小说里面的男主人公涓生就住到一个会馆里面去了。女主人公名叫子君，子君和涓生在新思想的影响下自由恋爱，追求人格独立，追求恋爱与婚姻的自主。

这篇小说的深刻之处在于，鲁迅一方面肯定了这两个男女青年的追求，但是另一方面他又冷冷地指出，追求人格独立、追求恋爱与婚姻的自主，在彼时的中国谈何容易，尤其是对女性而言。

女性追求人格独立，这当然值得肯定。早在 19 世纪，挪威有一个戏剧家叫易卜生，他写了一部话剧叫作《娜拉》（娜拉是剧中女主角的名字），又可以翻译成《玩偶之家》。这部话剧写了一个有钱人的妻子，经过一番变故以后，突然醒悟，虽然自己的生活还算安逸，可是她是依附在男人的身上来生存的，更何况她后来还发现自己的丈夫很虚伪。所以，她决定离家出走，不再当男人的玩偶，她要走出家门去寻找广阔的天地，去独立生存。这部戏剧当时在西方引起了轰动，后来发展起来的女权主义浪潮，应该就是以易卜生这部剧为起点之一。

鲁迅先生的思想很深刻，他曾经写过一篇杂文叫《娜拉走后怎样》，探讨了这样一个问题：娜拉出走之后，门关了，门外的世界很大，她怎么生存？这个问题易卜生没有给出答案，而鲁迅先生的回答是：不是堕落，就是回家。

其实，说到底，要人格独立，要恋爱与婚姻独立，最重要的基础是经济独立。走出家门以后，能不能够在经济上支撑自己的生存，这是一个很现实的问题，一个很严肃的问题，也是一个延续到今天仍然困扰着我们的问题。

《伤逝》这篇小说写了一个悲剧，子君非常勇敢地离开了自己的家庭。根据小说的描写，她的父亲应该在故事发生之前就去世了，她是跟着叔叔一起生活的，于是她就离开了叔叔的家庭，像娜拉一样走向了社会。她和涓生结合，建立了小小的家庭，在会馆里面挣扎着求生存。他们俩都是知识分子，脑力劳动者，他们怎么挣钱？靠翻译外国作家的作品，投稿到报社、出版社、杂志社，得一点稿费，勉强为生。

在那个时候，即使翻译出来这些文字，想发表出来也不是那么容易的，而且有时候发表了也给不了多少稿费。小说里就写到，有时候来了一个信封，两个人以为里面是稿费，打开一看，发现是替代稿费的购书券。这些购书券只能拿到书店里面去换书，这压根儿不是他们所需求的，他们要拿钱买米买面，要过日子。

鲁迅很深刻地写出了争取个人自由的不易。第一步的经济独立是很难做到的，他们实在是太穷困了，没法支撑两个人继续生活。子君原来那种谋求自主生存的斗志，也慢慢地消磨殆尽了，只好离开了会馆，被她的叔叔接走，后来就一病死了。

这篇小说是以涓生这位男主人公的语气来写他们这段悲惨经历的，所以全文的语调是悲凉的、哀伤的。小说最后，涓生听说子君死掉了，至于她怎么死的，什么时候死的，问那个传递消息的人，那人却说不清。没有人重视这样一个女子，死就死了——世道就是这么残酷。而涓生当然会难过、自责，觉得子君的死跟他有关系，他没有先给子君提供一个坚实的经济基础，再去争取他们的婚姻自由。所以他就忏悔。他这样写——

　　我愿意真有所谓鬼魂，真有所谓地狱，那么，即使在孽风怒吼之中，我也将寻觅子君，当面说出我的悔恨和悲哀，祈求她的饶恕；否则，地狱的毒焰将围绕我，猛烈地烧尽我的悔恨和悲哀。

　　在阅读好作品的时候，我们除了要去了解作者讲的是一个什么故事，塑造了些什么人物，表达了什么思想以外，还要懂得欣赏文本的叙述调式。

出人意料的结尾

　　我是一个作家，写过几部长篇小说。大家不一定会尝试写长篇的文学作品，但是阅读长篇的文学作品应该是常有的事，因此了解一下长篇小说的写作还是有必要的。当然，因为长篇小说有各种各样的，所以写作的方法也不尽相同，有的甚至大相径庭。

　　我比较擅长的是现实主义的小说。关于社会生活的小说，一般来说应该怎么来写呢？多数情况下，要想让你的长篇小说吸引人，你要会设置悬念。因为长篇小说的篇幅比较长，特别是在当今这样一个时代，人们的生活节奏都很快，如果你的文字不抓人，读者就读不下去。怎么能够让读者读下去？办法当然不止一种，其中一种办法就是设置悬念。什么叫悬念？就是在叙述故事的过程当中，有一些"扣子"暂时不解开，让读者产生一些疑问，吸引他们继续往下读，直到最后再解开"扣子"。

我记得我对小说设置悬念的写法，最早是受到一部长篇小说的启发，还是一部翻译过来的小说。这部小说的作者是英国作家托马斯·哈代。托马斯·哈代是一个英国的现实主义作家，他的长篇小说挺多的，其中影响最大的是《德伯家的苔丝》，后来拍成了电影。我青年时代读过他的一部长篇小说，叫作《卡斯特桥市长》，给我留下了深刻的印象。

小说一开头写一对夫妇在田野上行走，男方扛着一个打草的工具，因为英国的平原上也好，高原上也好，经常会有很多的牧草，需要有打草人用一种打草工具来收割。这个男人就是一个打草的工人，妻子当时没有做事，而且她也做不了事，因为她怀里抱着一个婴儿，是他们两人的女儿。他们俩默默地在田野上走着，走到了一个露天集市。露天集市上有很多的摊档、帐篷，两个人早就饿了，就到了一个卖粥的帐篷里面去喝粥。这个卖粥的妇女除了卖粥，她还偷偷地卖私酿酒。

当时英国的法律是不允许私人酿酒、卖酒的，但是因为贪酒的人很多，而且官方售卖的酒价格比较高，私酿私卖的酒比较便宜，所以虽然法律禁止，可是私酿私卖的现象屡禁不止。打草的工人和妻子两个人进来后，丈夫坐下来，要求拿热粥来喝，因为他们都很累、很饿了。可是卖粥的妇人一看就知道打草的汉子是一个贪杯之徒，就往他的粥里掺了好酒。男人喝了之后就心知肚明，干脆直接让卖粥的妇人拿酒来。

这时候，抱着孩子的妻子就劝他别喝了，因为她知道她的丈夫一喝酒以后脾气就会变得很暴躁，会做一些很荒唐的事。但是当时落魄的汉子心情不好，借酒浇愁，越劝他，他越要喝，最后他就喝醉了。他喝醉以后就说疯话，他的妻子一再劝他别喝了，他就烦了，他就嚷嚷："我不要她了，我把她卖了，你们谁出的钱最多，我就把她卖给谁，我还买一送一，连她抱着的孩子我都一块儿给了。"

当时帐篷里面都是一些比较穷的人，一听他这么说就知道是疯话，有人跟着起哄，没想到真有一个人站了出来，从衣着上能够辨别出来是一个水手。水手就走到他们跟前，问那个男子说："你是说认真的吗？"男人说："这还有假话？"于是水手就从兜里掏出他身上的钱，搁在餐桌上，醉汉的妻子就埋怨她的丈夫说："你怎么这么糊涂，你闹什么！你再闹我真跟人家走了。"可是那个丈夫醉得一塌糊涂，头脑完全是昏聩的，就说："行，他把钱掏出来了，我收了，就把你卖了，你走吧。"

他的妻子一赌气就抱着孩子站了起来，跟着水手走出了帐篷，临走之前还把手上的戒指扔还给了男人。

十几年以后，场景和前面那一段完全一样，田野上还是两个人在走。不过这次是一个中年妇女和一个妙龄少女，是母女两个人在田野上走。母亲的表情很凝重，好像有什么心事。这个女孩子第一次到这个地方，对一切都觉得很新奇，到处观望，走啊走，就走到了露天集市。这么多年过去了，露天集市的面貌也有了一些变化，因为新工业的发展，传统集市渐渐凋敝了。

母女二人还遇见了当年那位卖粥的妇女，不过妇女已经变成了一个很老的老太婆了，而且她也没有了帐篷，显然生活大不如前。女儿嫌弃那个卖粥的老太婆，不愿意走近，母亲就一个人走上前去，在那儿买了碗粥，一边喝着粥，一边和卖粥的老太婆对上话了，就问她："你记不记得多年以前在帐篷里，有一个汉子，他喝醉后把他老婆跟女儿都卖掉了，你还记得有这么件事吗？"老太婆拿眼睛上下打量着问话的妇女，想了想，说："是有这么件事，我还记得。"这个母亲接着问："你记不记得当时喝醉的汉子后来到哪里去了？"

老太婆就跟她说："从这儿再往前走，有个地方叫卡斯特桥，是一个小城市，到那儿找找去，也许那个人后来就在那儿住下了。"

喝完粥以后，母亲带着女儿往前面走，走出高原，到了一个小城市，就是卡斯特桥市。她们走到那儿的时候已经是晚上了，天黑了。这里说是个市，其实就是一个镇子，并不大。市中心有一个广场，广场一头是市政厅，市政厅有两层，第二层也不高，都是大落地窗，所以在广场上能看见市政厅里面坐的那些人。那些坐在市政厅里面吃喝玩乐的人，有市长，有市政府的一些要员，还有一些当地的有钱人。当时广场上聚集了好多人，对着市政厅指指点点，这对母女于是就走了过去。街上有人议论，说："你看咱们市长多古怪，别人都在喝酒，他不喝酒只喝白水。"母女二人仔细一看，果然，在市政厅二楼的宴会厅餐桌一头，坐了一个威严的市长，别人在那里寻欢作乐，推杯换盏，他却很严肃，并不喝酒。

这对母女后来就在一个小旅店住了下来。第二天发生了一件很轰动的事情，全市人都议论纷纷——市长居然到小旅店见了这对外地来的母女，而且居然跟这个母亲求婚了。

大家都知道这个市长当时没有家室，没有妻子，也没有子女，所以他跟人求婚本来不稀奇，可怎么能跟一个外地来的、看起来挺穷的，而且还带着一个女孩子的妇女求婚呢？这就很古怪。但是因为卡斯特桥市长有很多行为都很古怪，所以人们也就见怪不怪。后来，市长正式和这位寡妇（这个女的带着一个女儿，能结婚，说明她是一个寡妇）结婚了。

看到这儿我就想，作家你虽然挺狡猾的，设置了悬念，但是你瞒不了我，我猜出来了：这个寡妇就是当年被卖掉的妻子，寡妇的女儿就是他们的亲生女儿。

故事再往下写，出现了新的人物。有一个年轻人，他是路过的，他本来不想在这儿定居，这个地方虽然已经有商业活动（当地出产一些粮食，有些人做粮食生意，市长本身也是一个做粮食生意的商人，他是通过选举当上市长的），可是并不发达。年轻人见到了市长以后就谈起当地的生产情况和贸易情况，年轻人跟市长说，他的经营方法不对头，就提出了一些新的想法，市长说："你的想法很好，别走了，留下来跟我合作吧。"卡斯特桥市长就和年轻人合作开公司，由于采纳了年轻人的许多好的建议，无论在生产上还是贸易上，这家公司都发展得很好。

市长娶的妻子的女儿伊丽莎白，越长越漂亮，越长越可爱。一来二去年轻人和伊丽莎白之间就产生了爱情。可是卡斯特桥市长不同意。一来，他对年轻人的一些新的想法慢慢开始难以接纳了；二来，他不愿意他的女儿嫁给这么一个人。所以他和年轻人之间就发生了冲突，而这时他的妻子不幸得了病，后来就死掉了。小说里面有这样一段情节，在他的妻子死后，他很悲痛，有一天他把伊丽莎白叫到他的房间。伊丽莎白发现他当天对自己非常的慈爱。伊丽莎白对市长很尊重，因为这是她的继父，他很威严，对她的母亲也很好。不过，她这个继父对她原来只表现了威严的一面，没有慈爱的表现。可是这天把她叫过去以后，他分外慈祥，对她充满了爱意。

卡斯特桥市长就跟她说："伊丽莎白，你知道你是谁的女儿吗？"

伊丽莎白说："我知道，我的生父是一个水手，后来出海，海船沉没了，我和妈妈就没有依靠了。妈妈带我来到了这个地方，现在你就成了我的父亲。"

卡斯特桥市长说："不对，实际上你就是我的亲生女儿。当年我做了一件荒唐的事，我很后悔，我不能跟你细说，但实际上当时你的母亲是抱着你从我身边离开，跟着水手走的，因为你当时太小，还不懂事，所以才以为水手是你的亲生父亲，但他不是，我才是。"伊丽莎白很受震撼——原来是这样！

读到这儿，我觉得作者挺会写的，到现在才把真相揭开。其实我作为读者，开头也猜到了，母女二人为什么往这个地方走，路过粥棚要那么打听。醉汉把妻子和女儿卖掉以后，非常后悔，酒醒以后在教堂里面对着上帝的塑像发誓，从此以后再不沾酒。果然后来他就把酒戒了，在卡斯特桥市开始给人打零工，因为他没有了恶习，勤恳劳动，就逐渐积累起了财富。后来又由于他很会做生意，发了财，有组织能力，就被选为了市长。

市长说："你现在要叫我爸爸。"伊丽莎白跟她妈来到卡斯特桥市的时候年纪已经不小了，她始终不好意思叫这个人爸爸，一直称他为"先生""市长"。听了这么一番话以后，伊丽莎白说："我现在心里很难过，我要下楼去好好想一想。"

市长说："你去好好想一想，我等着你，等着你过来叫我爸爸。"

伊丽莎白下楼回到她自己住的房间。这个时候就显示出托马斯·哈代会写长篇小说了，他往下怎么写？市长把他妻子的丧事料理完了，也跟他的女儿亮了底牌，说明了他和她的血缘关系。他本来是一个很粗枝大叶的人，但是这个时候他很细致地收拾起他妻子的遗物。忽然，他发现他妻子在梳妆台那儿留下了一封信。

信封上写着市长的名字，而且有这样的恳求的语气："这封信是我留给你的，你一定要在伊丽莎白举行婚礼之后再打开来看。"市长是一个脾气急躁的人，他沉不住气，当时就把信封撕开了，拿起信来看。

信上说："现在我要告诉你，伊丽莎白不是我跟你生的女儿。当年你把我和女儿卖掉后，不久她就得病死掉了。这个女孩是我和水手生的。我为什么要让你在伊丽莎白结婚以后再看这封信？因为我相信你能够像对亲生女儿一样对她，让她完婚，过上幸福的生活。然后你再来看这封信，你看到以后应该是平静的，你曾经让我受了那么多的苦，你曾经对我那么不好，但你后来又重新娶了我，现在你对我的女儿很好，你把她养大，安排她出嫁，让她过上稳定的生活，这样也就补偿了当年你对我的罪过。"

看完这封信，市长呆住了，原来伊丽莎白不是他的亲生女儿，跟他没有血缘关系。他正发愣，就听见楼梯响，伊丽莎白上楼了，她冲进房间，扑在他身上，大声叫他爸爸，说："我想明白了，你就是我的亲爸爸。"可是伊丽莎白惊讶地发现，没隔多长时间，父亲的脸色就不对了，她叫他爸爸，对方没有热切的反应，甚至微微把她推开，用一种陌生的眼光来打量她。

你看这个小说写到这里是不是有点惊心动魄？伊丽莎白不明白父女相认之后，为什么父亲反而对她又冷淡了，甚至有时候眼里流露出很冷酷的眼神。她感到好奇怪，于是她更多的时候选择和年轻人待在一起，两个人的感情更深了。

　　后来，卡斯特桥市长和年轻人闹翻了，他们原来联合成立的公司也分开了。分开以后，由于卡斯特桥市长的经营方式很落伍，年轻人在与他的竞争中轻而易举地占了上风，最后他自己的公司也卖给了年轻人，被吞并了。等到再选市长，他落选了，年轻人当了市长，而伊丽莎白则嫁给了年轻人。

　　伊丽莎白是什么时候才知道真相的？后来有一个年纪很大的水手到了卡斯特桥市，这是她的亲生父亲，他的海船在海上遇难了，可是他脱险了，成功活了下来。他听人说他的妻子和他的女儿离开海港谋生路去了。打听来打听去，找到了卡斯特桥市，最后找到了伊丽莎白。

　　曾经的打草工人，一度发财成了富翁，还当了市长，最后，又重新变成了穷光蛋，甚至只好又扛着打草机去给人打草。伊丽莎白和年轻人过上了幸福的生活，并且和她亲生父亲团聚了。

　　这篇小说写得好，实际上写到了英国工业革命的初期，陈旧的经营方式和先进的经营方式之间产生了矛盾，年轻人代表一种新兴的先进的思想和管理方式，一种新的商业模式。资本主义的发展就是这样，一些新的代表人物替代了旧的保守人物，所以它实际上是一部有很深刻内涵的反映英国历史发展的书，同时它也写人的命运，写悲欢离合，里面的几个关子卖得非常好，设置了很多包袱，作者到最后才把包袱的底抖出来，让读者读来觉得既在意料之外，也在情理之中。

从生活中发现文眼

　　读者当中，有一部分人想尝试文学写作。文学写作和新闻报道是有区别的，和应试作文的差别就更大了。中学、大学里面的写作课，多数情况下是对学生进行规范性的训练，而文学语言和新闻报道乃至于一般的说明文、议论文里面的语言是不一样的。

　　最典型的例子，像鲁迅先生的散文《秋夜》，一开头就是这样的句子：**在我的后园，可以看见墙外有两株树，一株是枣树，还有一株也是枣树。**如果一个人不懂文学，只知道刻板地写作文，他就会觉得奇怪了，怎么这么说话，怎么这么造句？直接说"在我的后院有两株枣树"不就齐了吗？这就是他不懂文学。文学在文字的运用上要讲究韵味，这篇散文的开头这样写，就传达出一种特别的韵味。写作者的心里面对这两棵枣树感情很深，他舍不得一句把它们写齐全，他就要这么说。这就是文学的魅力。

经常被收录在课本里面的鲁迅的小说《孔乙己》，写了一个旧时代的知识分子的悲惨命运，小说最后一句是这样的：大约孔乙己的确死了。好多人不懂文学创作，不懂文学语言，只知道刻板的语言规范，就较真了，说：这叫什么写法？"大约"和"的确"是矛盾的呀，"大约"就是说不明确，说不清楚；"的确"就是事实俱在，非常明确。怎么可以制造这种句子？

其实文学语言可以这样，它表达了一种很悠长的味道。孔乙己这个人后来不知所终，很悲惨，没有人真的关心他，所以人们议论纷纷，说好久不见这个人来了，大约他死了。这写出了人性的凉薄。但是，从作者的角度来说，他确信这个人不会有光明的前景，必然被黑暗的时代所吞噬，所以是"的确死了"，表达了这样一层意思。他把这两层意思结合在一起，就写成这样一个句子——"大约孔乙己的确死了"，很有味道。所以，要从事文学创作，首先要多阅读一些像鲁迅先生笔下这样的高档次的文学作品。

我个人从小就爱好写作，羡慕文学写作，而且尝试文学写作。一开始我写作一些小文章、小散文之类的，并尝试投稿。比如1962年，我写了一篇散文投给《人民日报》，我不认识《人民日报》的编辑，我也没有任何文学导师，没有后台。可是《人民日报》副刊的编辑从众多来稿当中居然看中了我那篇，就在那一年的九月把它刊发出来了。

这篇散文的题目叫作《桂花飘香》，写的是又到九月了，学校开学了，校门口栽种着很多的桂花树，桂花树都开花了。这些米黄色的桂花散发出沁人心脾的香气，孩子们高高兴兴地走进校门，去学校上课。

如果光是写到这儿，我想这篇散文也不可能被《人民日报》副刊发表。从事文学写作，哪怕写一篇很短的散文，可能这篇散文也就一千五百字左右，也要有文眼。文章当中要有一个点，这个点能够画龙点睛，给读者一个鲜明的印象，触动读者的心灵。当然，一篇短小的散文不可能像长篇小说一样有足够的空间和余裕去酝酿情感的风暴，但是多多少少可以给读者一点触动。在这篇散文中，我的文眼是什么？我写到，在校门外头出现一个年轻的女子，她就站在校门外，也不进去，也不离开，在那儿看了很久。她是特地去看那些新入学的小学一年级学生的。她为什么要在那儿看？原来，她是一个幼儿园的阿姨，她在幼儿园带出的第一批孩子从幼儿园毕业了，升上小学了。

在这样一个桂花飘香的时刻，她在幼儿园带过的这些孩子背着书包，蹦蹦跳跳地进了校门，成了小学生。这些孩子没有立刻注意到她，可是她却在校门外一直默默地注视着这些孩子，她心里甜甜的，她意识到自己在幼儿园的工作是很重要的、很神圣的。她带出来的第一批小孩上小学了，她和他们一样快乐，一样高兴。我写了这么一个情景，抒发了在学校开学这个日子里面一个默默无闻的普通的幼儿园阿姨的特殊心情。

我以我自己写作的经历告诉大家，如果要从事文学写作，可以先不考虑题目，开头没题目都没事。但是一定要有一个触动你的东西，它触动了你，你写出来以后才有可能触动读者。这个触动你的东西就是需要你从生活当中获取到的一个细节、一个点，也就是所谓的文眼。

在不久前，我发表了一篇小散文，也可以叫作小小说，题目叫《修脚师的生日》。我是根据真实事件把它加以适当地虚构剪裁写成的。我去一个新开业的修脚店修脚，给我修脚的小伙子是1991年出生的，他是从甘肃来的。我跟他聊了起来，他就说起他的一些经历。修脚店里的位子一个挨着一个，我左右两边都有人在修脚。聊着聊着这个小伙子就说:"一转眼我都这么大了,今天是我的生日,我都 28 岁了。"他的声音很大,周围的人全听见了,他的同事——旁边的修脚师也听见了,其他顾客也听见了,我也听见了,当时都没有接他的话茬。他又接着说了不止一次"今天是我生日,我都 28 岁了",依旧没人接话。

修完脚,我付完钱就离开了。这家修脚店离我的住处比较近,傍晚我到附近的超市买东西,在超市门口发现了他。他在抽烟,因为他严格遵守有关规定——凡是有屋顶的地方都不能抽烟,所以他没在店里抽,他趁修脚的活有一个轮空跑出来抽烟。我一看是他,就想起来白天他的那句话,我就走过去,很自然地跟他说:"小伙子,祝你生日快乐!"

没想到他把烟头一扔,激动得不得了,一把握着我的手说:"你祝我生日快乐?"

我说:"是,今天是你的生日吧?我记得你下午修脚的时候跟我说你 28 岁了。"

他眼泪都快要流下来了。他说:"我要请你吃饭,我要请你吃饭!"

我说:"好奇怪,你干吗要请我吃饭?"因为当时还没到晚饭的饭点。

他说:"今天一整天我的心里面都有一个意愿,只要有任何一个人对我说'祝你生日快乐'，我就请他吃饭。可是没想到店里的那些同事没有任何一个人说这句话，现在你跟我说祝我生日快乐，我觉得好金贵，我要请你吃饭。"

我当然没有让他请吃饭，但这件事情给我留下了一个很深刻的印象，回来以后我就写了一篇文章叫《修脚师的生日》。在生活中，一个人的渴望和期盼有时候很简单，就是希望别人给他一点点温暖。

如今，大家的生活质量都提升了，物质上的满足很容易实现，但是精神上怎么样呢？有时候在人与人的关系上，我们还是缺少对他人的关爱。希望别人祝自己生日快乐而得不到，终于得到以后无比激动，这就是这篇文章的文眼。

镀金的莲花

    冰心曾为我的第一本散文集《垂柳集》写过序，我觉得很有必要把冰心给我写的序给大家介绍一下，因为这篇序不但对我写散文有指导意义，而且对所有愿意写散文的人，乃至于对不写作但是喜欢读散文的读者都会很有帮助。

    这篇序是这么写的——

    刘心武同志把他的散文集《垂柳集》给我看了，让我作序，我倒想借这机会说几句我对于现在有些散文的看法。

    她不是说几句客气话来泛泛地鼓励我一下，而是借这个机会发表她个人对散文的一些宝贵的看法，值得我们大家参考。

    她是这样说的——

我一直认为，散文是一个能用文字来表达或抒写自己的思想感情的人，可用的最方便最自由的一种工具。在他感情涌溢之顷，心中有什么，笔下就写什么；话怎么说，字就怎么写；有话即长，无话即短；思想感情发泄完了，文章也就写完了。这样，他写出来的不论是书信，是评论，是抒情，是叙事……的文章，应该都是最单纯，最朴素的发自内心的欢呼或感叹，是一朵从清水里升起来的"天然去雕饰"的芙蓉。

这话非常重要，就是说，散文只是一种工具，我们写散文不是目的。以我要写出一篇散文让大家欣赏的念头来写，是写不好散文的。散文是我们表达真实情感的一种工具，要把这个工具运用好，怎么想就怎么写，"思想感情发泄完了，文章也就写完了"，不要勉强地往下继续凑字。

接下来冰心老前辈就很坦率地批评了一些她认为散文创作当中不好的现象。她说：

这些年来，我看到不少的散文，似乎都"雕饰"起来了，特别是抒情或写景的，喜欢用华丽的辞藻堆砌起来。虽然满纸粉装玉琢，珠围翠绕，却使人读了"看"不到景，也"感"不到情。只觉得如同看到一朵如西洋人所说的"镀了金的莲花"，华灿而僵冷，没有一点自然的生趣，只配作佛桌上的供品！

这段话很重要，包括在课堂上写作文，乃至于参加应试考试写命题作文，我们都不能够一味地追求华丽辞藻的堆砌。这些没有一点淳朴和真实的东西，就好像"镀了金的莲花"，只有一个用处，就是拿去放在神佛的佛龛前，作为供品。当时读了序里面的这段话以后，我挺惭愧的，因为我也有一部分散文走的就是这种歪路，堆砌辞藻，花里胡哨，表面上好像挺华美的，实际上内里很空虚，不能够绽放真正独特的新鲜"荷花"。

所以冰心给我写序以后，我就及时调整自己的写作路数，不再那么写了。冰心老前辈不光对别人提意见，她也自省，这种自省精神特别值得学习。她说：

我自己也曾"努力出棱，有心作态"地写过这种镀金莲花似的华而不实的东西。现在重新看来，都使我愧汗交下。我恳切地希望我的年轻有为的朋友，要珍惜自己的真实情感和写作的时间，不要走我曾走过的这条卖力不讨好的道路。

你看，老前辈有这样的一种自我批评精神！当时她已经82岁了，她回顾自己的写作历程，还向我们年轻人做出这种自省，多么值得钦佩。什么叫"努力出棱"？就是老想夺人眼球，引人喝彩，努力地去制造一些棱角，给人一些强刺激，或者在遣词造句上搞得形式上很突出。什么叫"有心作态"？就是自己内心里并没有那么丰富的情感，对事物并没有真正的认知，却表态式的去勉强自己，通过文字去装饰、去讨好，这样的文字是不行的，就成了镀金莲花，华而不实。冰心这篇短短的序里面几次提到不要去写镀金莲花式的文章。你看，自然界的荷塘里面长出的那种自然的荷花，多优美，多清新，多淳朴，多有韵味，但是拿别的材料做成荷花的形状，镀上金，就完全感受不到荷花真正的美了。

银锭观山

在作品的题材上，散文往往和随笔并列，那么，散文和随笔怎么界定呢？两者有什么区别？

我个人的体会是这样的，散文和随笔之所以经常被并作一类，是因为它们之间的界限比较模糊，很难绝对地划分，但是大体上来说还是有区别的。

一般来说，散文应该是记叙性的，会写到人，写到景，写到事，其间需要把自己的情感灌注在里面，抒发一些感慨。也就是说，可以有一些抒情和议论的成分，但是所占的比例不应该过大，它以情、景、人、事为主体，这种文章写出来就叫作散文。随笔是另外一种情况。

散文要有文眼。散文虽然是散的，但是不能一味散到底，要聚焦。下面我说一篇我自己在 1962 年写的散文，那年我 20 岁，刚接触写作不久。那个时候我摸索着写了一篇散文，题目叫作《银锭观山》。

银锭观山是北京的一个著名景点。什刹海分前海和后海，前海、后海的水面都挺宽阔的，在它们的衔接之处有一座桥，这座桥被命名为银锭桥。在中国古代，尤其是晚期的明清，用白银作为主要的货币。把银子打造成一个特殊的形状，叫作锭，一锭银子在当时的购买力是很强的。前海和后海之间的桥的造型就有点像当年的银锭，所以叫银锭桥。

银锭桥本身没啥好看的，那为什么它很有名？因为，过去站在银锭桥上往西看，如果是晴天，就能一直看到青黛色的西山山脉，非常优美。近处是湖水，两岸是绿柳，远处还有树丛，再远处，天边会有青黛色的西山的剪影，说明我们古代有很好的城市规划。其中一个规划的妙笔就是从银锭桥往西，不造任何高大的建筑，以免挡住西边的西山山影，使得在都市的中心位置（虽然不是最中心，但是离中轴线不远），就能直接望见西山。这种城市规划的妙笔到今天我们还要惊叹。可惜的是，如果现在再去银锭桥往西看的话，你就会发现远处西边的岸上造了楼房，这些楼房破坏了银锭观山的意境，这是很遗憾的。

因为当时我在那一带工作、居住，所以我经常从银锭桥上过，于是就决定以《银锭观山》为题写一篇散文。以冰心老前辈对我的指教来评判这篇文章的话，我觉得它既有优点也有缺点，优点是我不是关在屋子里面闭门造车写出这篇文章的，我有真切的生活体验。

我当时特意选择了描写冬景，因为北京的春天、夏天、秋天都是非常优美的，也比较容易描写，而北京的冬天气候是偏冷的，阔叶树的树叶基本都掉光了，所以冬景不好写。更何况像银锭观山这种景点，前海、后海的水基本都结冰了，结冰以后就大不如水波荡漾的景色优美了。当时我初生牛犊不怕虎，冬景不好写，我且试一试——就写了银锭观山冬季晴天的景色。我这样写的：

只要天晴，站在桥上朝西望去，那西山景色是使人迷醉的。如果现在趁着日落之前来到桥上，将会看到湖上结着一层晶亮的薄冰，反射着珍珠色的天光；两岸簇簇垂柳尽作鹅黄色，或深或浅，参差交错；如眉的柳叶袅袅飘落，在冰上跳起芭蕾舞。抬眼向前望去，远远的湖岸边是一线蓊翳的黄绿色树丛，其后是鳞次栉比的屋顶与楼房；再往后，就是如鱼脊似的西山了，那黛色的山影，那山头上的杏色霞云，那从霞云后射出的银色日光，的确令人神往、引人遐想。

这么多年过去，回过头来看，这些文字是我 20 岁时在银锭桥上看冬景的切身感受。但从文字上来说的话，还是有些雕琢，有些比喻句当时我自己很得意，比如说冬季了，柳叶像人的眉毛一样袅袅飘落，在冰上跳起芭蕾舞，现在再来看的话是比较幼稚的，因为芭蕾舞是一种西洋舞蹈，而银锭桥是极富中国特色的一种传统景观，所以用芭蕾舞这样的词嵌入这篇文章，现在看来比较"出戏"。

这篇文章最大的缺点是缺乏一个文眼。最初我是想以花为文眼的，所以是这么写的——

住在这里的劳动人民似乎都有爱花的癖好，你看，一年四季，桥畔的屋檐下窗台上，总种着、摆着各种花卉；春风刚把湖水染得透绿，这里的窗台上就摇摆着紫丁香，放出沁鼻的香气；金色的夏阳在湖心撒下一斛金珠时，绛红的美人蕉就像爽朗的少女，坦然地直立在家家门旁窗下；最逗人爱的还是秋天那吐着金丝的翠菊，仿佛是憋不住的一包笑，总显得那么喜气洋洋的。临桥的那家每逢春夏还搭起瓜棚，绿色的藤蔓不到几周就爬满了棚架，肥硕的绿叶在风中轻轻摇摆，撒下一片惬意的清凉。夏秋的傍晚，这里总聚集着一伙人，白髯的老人在下棋；大妈大婶一边呵呵谈笑，一边甩着蒲扇；孩子们或则唧唧哝哝地围作一伙讲故事，或则唧唧喳喳、东躲西藏地捉迷藏。

我当时的想法是把这段文字作为文眼，我列举了很多花，一年四季的花都写到了。但是它的缺点是很明显的，就是没有聚焦，就好比拍照片、录像，没有聚焦点。这是这篇文章的一个毛病。

整体来说，这篇文章是歌颂那个时候我所感受到的生活之美的。我的观点是，我们对待我们所处的社会环境一定要好处说好，当然也要坏处说坏。好处说好的目的不是吹捧，是为了使社会生活变得更好；坏处说坏，不是要否定什么，而是希望能够把这些坏处消除掉，使生活变得更好。

这里介绍了一篇我很多年前写的散文，也许能够帮助读者理解什么是散文，散文要有具体的描绘，当然里面要注入作者的情感。

心里难过

随笔和散文有时候很难划分，有时候又很好划分，比如下面我写的这篇文章就是典型的随笔。它没有很多的叙事，基本上不出现景物，也不说一件具体的事，基本都是情绪的抒发和感悟的陈述。像这种很随便地把自己一时间的心情和想法书写出来的文章就叫随笔。

这篇文章叫《心里难过》，发表了好多年了，原版是这样开头的——

深夜里电话铃响。是朋友的电话。

他说："忍不住要给你打个电话。我忽然心里难过。非常非常难过。就是这样，没别的。"说完他挂断了电话。

这篇文章叙事的成分就这一点，接下来基本上都是作者自身的情感抒发、感悟陈述了——

我从困倦中清醒过来，忽然非常感动。

我也曾有这样的情况。静夜里，忽然有一种异样的情绪涌上心头，那情绪确可称之为"难过"。并非因为有什么亲友故去。也不是自己遭到什么特别的不幸。恰恰相反，也许刚好经历过一两桩好事快事，却会无端地心里难过。

不是愤世嫉俗，不是愧悔羞赧，不是耿耿于怀，不是悲悲戚戚，是一种平静的难过。但那难过深入骨髓。静静地意识到，自己的生命实体是独一无二的。不但不可能为最亲近最善意的他人所彻底了解，就是自己，又何尝真能把握那最隐秘的底蕴与玄机？并且冷冷地意识到，自己对他人无论如何努力地去认知，到底也还是只近乎一个白痴。对由无数个他人组合而成的群体呢？简直不敢深想。

归纳，抽象，联想，推测，勉可应付白日的认知。但在静寂清凄的夜间，会忽然感到深深的落寞。于是心里难过。

也曾想推醒妻，告诉她："我心里忽然难过。"

也曾想打一个电话给朋友，只是告诉他一声，如此如此。

但终于都没有那样做，只是自己徒然地咀嚼那份与痛苦并不同味的难过。

朋友却给我打来了电话。

我自信全然没有误解。

并不需要絮絮的倾诉。简短的宣布，也许便能缓解心里的那份难过。或许并不是为了缓解，倒是为了使之更加神圣，更加甜蜜，也更加崇高。

在这个毋庸讳言是走向莫测的人生前景中，人们来得及惊奇、来得及困惑、来得及恼怒、来得及愤慨、来得及焦虑、来得及痛苦，或者来得及欢呼、来得及沉着、来得及欣悦、来得及狂喜、来得及满足、来得及麻木，却很可能来不及在清夜里扪心沉思，来不及平平静静、冷冷寂寂地忽然感到难过。

白日里，人们杂处时，调侃和幽默是生活的润滑剂。静夜里，独自面对心灵，自嘲和自慰是魂魄的清洗液。

但是在白日那最热闹的场景里，会忽然感到刺心的孤独。同样，在黑夜那最安适的时刻里，会忽然有一种浸入肺腑的难过。

会忽然感觉到，世界很大，却又太小；社会太复杂，却又极简陋；生活本艰辛，何以又荒诞？人生特漫长，这日子怎的又短促？

会忽然意识到，白日里孜孜以求的，在那堂皇的面纱后面，其实只是一张鬼脸；所得的其实恰可称之为失；许多的笑纹其实是钓饵，大量的话语是杂草。

明明是那样的，却弄成不是那样了。无能为力。

刚理出个头绪，却忽然又乱成一团乱麻。无可奈何。

忘记了应当记住的，却记住了可以忘记的。

拒绝了本应接受的，却接受了本应拒绝的。

不可能改进。不必改进。没有人要你改进。即使不是人人，也总有许许多多的人如此这般一天天地过下去。

心里难过。

但，年年难过年年过。日子是没有感情的，它不接受感情，当然也就不为感情所动。

需要感情的是人。

人的情感首先应当赋予自己。唯有自身的情感丰富厚实了，方可分享与他人。

常在白日里开怀大笑吗？那种无端的大笑。

偶在静夜里心里难过吗？那种无端的难过。

或者有一点儿"端"，但那大笑或难过的程度，都忽然达于那"端"外。

是一种活法。

把快乐渡给别人，算一种洒脱。

把难过宣示别人，则近乎冒险。

快乐可以同享，难过怎能同当？

但有时就忍不住，想跟最亲近的人说一声："我心里难过，非常非常难过。"

在那个时候，人生的滋味最浓酽。

也许进入悟境，那难过便是一道门槛吧！

这篇文章写于 1993 年 1 月 15 日的深夜，是一篇典型的随笔。除了一开头有一点点叙事，讲有个人给我打电话，后面通篇都是由这个电话所引起的种种的感悟。这篇文章我一气呵成，写完以后自己读了一遍，读的时候挺惊讶的，怎么写出这么一篇东西？不过我既然写出来了，发表了，就不再评论。

不要对大头尖叫

几年前，我应邀参加了一个网络写作的活动，去了我才惊讶地发现，在我所熟悉的文坛之外，竟已经形成了一个网络写作的空间。有些网络写手，他们使用的笔名在我看来，是有点稀奇古怪的，而且他们一上台亮相，我发现都很年轻，有的也就二十来岁。一公布他们的职业，都不是职业的作家，跟各地作协毫无关系。他们都有自己主要的谋生职业，比如在 IT 行业做程序员，或者在医院里面当药剂师等。但是他们的网络小说的受众特别多，一说出数字来吓我一跳。他们的网络小说动不动几亿的阅读量，而且他们有些人的收入（他们不便具体透露，但是从他们的谈话中以及我从旁打听，大概了解了一些）也吓我一跳，收入几千万不稀奇，甚至有上亿的。真是好陌生的一个领域，那次与会的都是一些网络写手和网络文学爱好者，"粉丝"的平均年龄非常小，也就一二十岁，没有像我这么大年龄的人，我在那儿就显得很突兀。

他们为什么请我去？原来，活动举办方故意要请一两个传统写作领域的人士参与他们这个活动，等于是给他们这个活动加上"佐料"，同时也是有意让网络文学作者和传统文学作者有个交流的机会。

在会场上，有的网络写手一上台，主持人一报名字，我听都没听过，但是底下的"粉丝"却发出尖叫。

我不禁感叹，真是出现了新的文化局面，出现了一种新的写作方式，也出现了一种新的阅读方式，不但有新作者，更有广大的新读者。

活动一环一环地进行，最后轮到我上台讲话时，好在有一些年轻的网络文学的"粉丝"也听说过我的名字，所以给我鼓掌捧场。但是往底下一看，前排的一些人用迷茫的眼神望着我，就传达出他们的心声：你能说点什么呢？是啊，我能说点什么呢？我就说：我要告诉大家，我要为自己提出一个要求，什么要求？就是不要对大头尖叫。

什么意思？我就说到自己对电影历史的了解。电影这种文化形态的产生，是在 19 世纪末 20 世纪初，由摄影技术发展而来的。

电影的发展历史跟其他的文化形态相比来说是短暂的，但是电影发展得很快。最早的电影是无声的，是把一个摄影机固定在一个位置，对着前方的景象进行拍摄。那时候人们还不知道怎么把声音捕捉进来，但是已经能拍画面了。

最早的无声电影叫作《工厂大门》。最早的一批电影艺术的开拓者，在工厂门口架起一个摄影机，等工厂下工的时候，门一打开，无数的男女工人拥出厂门，形成一个壮观的场面。这个电影当然很短，是最早的纪录片。从这部电影开始，电影就从一些爱好者自己玩玩，发展成为一种进入商品社会的文化产品。

后来的《火车进站》，是模仿《工厂大门》把摄影机架在火车站的站台上，拍摄火车进站以后旅客们纷纷下车的情景。光是一些这样的内容，就使当时的人感到惊奇，得到一种全新的审美乐趣——原来照片还能动，现实当中一些场景还能够被还原出来。

后来又出现了专门搞电影拍摄的人士，成立了自己的电影制片厂，搭了摄影棚，开始有了最早的剧本，有了最早的演员，就不再只是纪录片了，出现了故事片。

在法国巴黎，有一个人叫乔治·梅里爱，他就自己搭了摄影棚，搭了布景。比如他搭了一些看起来很奇幻的布景，拍了一部作品，叫作《月球旅行记》，讲述人类坐飞船登陆到月球上去了，很有趣。但是梅里爱的这种拍摄手法不灵活，虽然他有摄影棚，搭了大布景，有演员，但他不懂得摄影机可以移动，拍出来永远是一个固定的大全景。

后来由于一个拍摄者的偶然失误，一不小心让机位摇动了，当时是用胶片来拍摄，把相片洗出来一看，比固定拍摄有趣多了，于是他们发现机位不是非得固定，可以移动着拍，可以从左移到右，从右移到左，还可以从上往下，从下往上。

再发展一步，也不是因为拍摄者有创新思想，而是偶然的一下，拍摄者就只拍了一个人的头部，洗出来一看，一张大脸，觉得这个也挺有意思的，原来怎么没想到呢？拍人干吗非得拍全身？

后来这些无声电影就被拿到咖啡厅或者是一些餐馆（那时候还没有电影院，因为电影艺术还不成熟），挂起白布来放映。

有一次，在放映的片子里第一次出现了现在叫作大特写的画面，当时没有这样一个专业名词，当一个演员的一张大脸的镜头出现以后，现场发出一片尖叫声，有一个女士晕过去了，她被救醒后，医生就问她怎么回事。她心有余悸地回答说，怎么会有一个切下来的人头，那么大个，对着她笑，太可怕了。

这在电影发展史上是一件有名的事情，那个时候人们不懂什么叫特写。现在我们看电影，熟悉一整套电影语言了，所以偶尔画面出现一个大特写，我们一点都不觉得奇怪，知道这个人是有身子的，但是在当时，人们就对着大头尖叫了。

后来又发明了有声电影，电影不但提供图像，还提供声音了。第一次放有声电影的时候，又有观众尖叫，因为他们看惯了无声电影。当时的无声电影在放映的时候，有的会有钢琴伴奏——放一架钢琴在银幕旁边，请一个弹钢琴的人即兴演奏，或者用一些熟悉的曲调来伴奏，影片本身是没有声音的。当第一次出现有声电影，银幕上的人第一次开口说话，底下的观众也有发出尖叫的。

你看，从电影发展史来说，是不是不断地出现新的情况？有声电影的发明使得原来一批无声电影的明星失业了，为什么？他们形象很好，很美丽，但是他们说不好话，所以拍有声片就没法用了，制片方还得找人配音，怪麻烦的。所以在文学艺术的发展过程当中，有些人落伍了，被淘汰出局了，也很正常。像梅里爱，刚开始的时候他拍的那些类似《月球旅行记》的片子卖得不错，但是随着电影技术的飞速发展、更替，移动拍摄他不懂，特写也不会用，更不要说有声电影了，所以后来梅里爱就破产了，出局了。

有声电影发展到一定阶段以后，又出现了彩色电影。再到近些年，已经很少有人用胶片拍摄了，因为有了数码技术，数码技术拍摄比胶片拍摄更方便了。胶片拍摄时如果你拍得不好，需要重拍的话，是很浪费胶片的，而胶片又很贵；数码拍摄如果拍得不好，随时可以删掉，重来的成本很低，相对来说很方便，修改也方便。你看，电影发展到今天都什么局面了？更不消说还有了带立体效果的3D电影。这就说明，任何一种文化的发展都会不断地展现出新的可能性。

虽然我不是电影界人士，但是粗略地了解了一下电影的发展史以后，我对文学一环一环地发展到今天的样子，也就释然了，也就心平气和了。

当然了，我参加那次大会的时候，传统文学和网络文学的融合度还不高，而到现在，二者的融合度就很高了。有的网络文学"网而优则书"，它们最早是以电子书的形式在网上出现，是数字阅读。遇到数据表现好、内容好的作品时，出版社就会跟作者约稿，把它做成纸书。

所以某一个作品它既可能属于网络文学，也可能是一本纸书，而且还可能在纸书当中畅销。现在，有的网络写作者也被作家协会接收为正式的会员了。有的文学活动既有传统的写作者——比如像我这样的人——参加，也有网络写手参加，这是很好的现象。

我个人得出的结论就是，永远不要对大头尖叫，"大头"代表一种新生的事物，一个新的原理，一种让人觉得陌生的表现手法。不要大惊小怪，晕死过去更没必要。接纳它，熟悉它，参与它的发展，这样才好。

谈谈冷书

读书——尤其是读经典作品——要文本细读。有的人读书只读热门书，看网络上、媒体上推荐什么书，评论最多的是什么书，就去找那些书来读，这样一种读书的态度和方式也是不错的。有人向你推荐，总比自己面对茫茫书海去发现好书，要简便得多。

但是我现在提出我个人的一个读书经验，就是不要只读热门书，要学会自己淘书，读冷书。因为热门的书虽然往往确实也不错，可是大家一窝蜂地去读，你也凑热闹，却不一定能够找到和你的心灵真正相通的书。所以有时候不妨读一读冷书。

我打小就有这么一个癖好，就是不追热而求冷。记得我十几岁的时候，到北京王府井逛新华书店，那个时候新华书店分很多门市部，其中有一个门市部专卖人民文学出版社的书。人民文学出版社也出了很多很热的书，像翻译过来的小说《钢铁是怎样炼成的》《牛虻》等，都是热书。但那天我去逛书店，我就发现书架上有一本书，叫《第四十一》，不厚，算是一个小长篇。作者是一个苏联作家，叫作拉夫列尼约夫，我以前没有发现过这么一个作家。翻译者是曹靖华，是一个有名的苏联文学翻译家。我就把这本书买下来了，回家一读，就有了一番心得。

我就写了一篇文章，投给《读书》杂志。《读书》杂志居然给我登出来了，算是我读冷书的收获。

《第四十一》是一本冷书，在众多的苏联文学书当中，算是一个比较边缘化的作家写的一本边缘化的书。它讲一个红军女战士，是个神枪手，能一枪打死一个敌人，她开了四十枪，就打死了四十个白军的官兵，但是她开第四十一枪的时候，这枪却没把对方打死，只是打伤了。部队的首长对她没有把人打死这件事，不仅没有批评，反而表扬了她，因为他们发现白军军官知道很多白军的机密。首长就决定派她和另外一些战友押送这个受伤的白军军官到红军的总部去，好审问出白军的种种机密。

押送的过程当中，他们要坐船经过一大片水域，没想到船行在半途遇到了暴风雨，海浪就把船给倾覆了。等这个女战士清醒过来的时候，发现自己在一个荒岛的海边，他们所坐的船已经沉没了，其他战友想必都淹死了。再仔细一看，受伤的白军军官也被海浪抛到了这个荒岛上，她就和白军军官在荒岛上生存了下来。

　　荒岛上有窝棚，里面有淡水，有鱼干，可以勉强维生。窝棚是捕鱼季节渔民上岸休息的地方，这个时候过了捕鱼季节，所以没有渔民出现。

　　开头两个人是敌对的，一个是红军女战士，一个是白军军官。但是几天过去，海上没有任何船只的踪影，他们为了活下去只得互相帮助，这个过程当中就产生了爱情，他们忘记了对方的敌对身份，忘记了红军和白军之间严酷的斗争。有一天，当他们在海滩上愉快地嬉戏的时候，远远地出现了一艘船，两个人很兴奋，在岸边跳了起来。两个人一块高兴地说"这下有救了"。可是两人冷不丁一想，来的这艘船是属于红军的还是白军的？这是一个天大的问题。

　　这艘船逐渐开了过来，这时白军军官认出来了，这是白军的船。他踏着海浪跑过去，大声喊叫："我在这儿！"这个时候，红军女战士忽然想起来，他是一个白军军官，是自己的敌人，于是就回到窝棚拿出枪来，朝着白军军官的后背开了一枪。她是神枪手，一下就打中了，中弹的白军军官转过头，很惊讶地看着她，意思是说，咱们不是爱人吗？可是刚露出这种表情，他就倒在海浪里面死掉了。他终于成了她枪下的第四十一个。

红军女战士扔掉枪跑过去，看到白军军官的眼睛没有闭上，那是一双湛蓝的眼睛，她想起他们在一起的生活，把他的头紧紧地抱在怀里，哭喊着："蓝眼睛……我的蓝眼睛！"这时候那艘船开过来了，船上的人吃惊地望着他们。

小说到这儿就结束了，这是一本冷书，我当时读了以后觉得很有意思，于是写了一篇评论。

还有哪些冷书可以向大家推荐呢？大家都知道，20世纪有一些老作家，特别是四川籍老作家，他们的小说很有意思，有人一听四川籍老作家就立刻想到巴金。想到他是对的，但现在我所推荐的不是巴金，因为巴金的书不是冷书，他的《家》是很热的书。我现在推荐一位四川籍的老作家叫李劼人，他是1891年出生，1962年去世的。李劼人有一个三部曲，是系列的长篇小说，其中第一部叫作《死水微澜》。这本书也不能说很冷，也热过一阵子，但是总体而言还是算冷书，好多人不知道它如何好，没有去读它。

《死水微澜》通过四川地方上的几个男女的故事，写出了辛亥革命前后四川那一片栩栩如生的生活场景，写活了很多不同性格的人物。当时四川社会有几种力量在激荡：清朝还没有倒台，官方是一种力量；冲击官方的力量，一种是名为袍哥的民间社会组织，还有一种力量是教民——那个时候西方开始入侵中国，除了军事入侵、经济入侵以外，他们也开始传教，就有一些中国人开始信教，成了教民。这几种力量是互相激荡的。小说没有说教，没有直截了当地写革命即将发生或革命发生的合理性，只是写了死水一般的社会生活当中出现的一些微微的波澜，但读起来非常有味道，而且读完你能够领悟到，实际上我们每一个人的个体生命都是嵌在一个特殊时期的历史潮流当中的。书中的不同人物，他们之间甚至有激烈的冲突，但到头来他们都是那一段历史潮流当中的生命符号。

　　我还要给大家介绍一个作家，他可能就更冷了，叫苏曼殊。苏曼殊是 1884 年出生的，1918 年就去世了，在世时间不长。他是一个中日混血儿，他父亲是一个中国的茶商，母亲是一个日本女子，他在中国和日本都居住过。这个人很有意思，他后来出家当和尚了，但他是一个花和尚。大家都知道历史上有取经的唐僧，那个时代一些朋友给苏曼殊取了个外号，叫"糖僧"，因为他特别爱吃糖，爱到什么地步呢？一次能吃一斤糖，就这么吃糖他也不胖。苏曼殊是一个很怪的人。一方面，他出了家，真诚地信仰佛教；另一方面，他又经常喝酒，放浪形骸。一方面，他是一个疯疯癫癫的生命存在；另一方面，他又和当时的一些辛亥革命的志士有很深的交往，自身也是一个投身反清革命浪潮的志士。

他的诗很好，这里摘录一首，诗是写他自己的——

春雨楼头尺八箫，何时归看浙江潮？

芒鞋破钵无人识，踏过樱花第几桥？

这首诗是他从中国到日本去寻找他的母亲，留居日本时写的。"春雨"一句有一种乐器，现在中国已经不时兴了，但在日本仍然很流行，是在唐朝时传到日本的乐器，叫作尺八，跟箫类似。人在日本，听着尺八这种乐器哀怨的声音，他就想到中国，不知什么时候能回到中国看浙江潮。他穿了一双草鞋，捧着一个破钵，干吗呢？因为他是一个和尚，需要化斋，但是没人认识他。他在樱花盛开的季节，走过了一座又一座的桥。

这个人的作品全是文言文的，他写了好几篇文言文的爱情小说，其中有一篇叫作《断鸿零雁记》，"鸿"就是大雁，"断鸿"和"零雁"是同一个意思。大雁本来都是成群的，他写的则是一只孤雁，它和群雁切断关系了，孤零零的。这本书讲述了一个缠绵悱恻的爱情故事。

现在我们不是还要学文言文吗？初中学一点，高中学得更多。有人总觉得读文言文有困难，其实你不用一开始就去读大部头的文言文著作，不妨找来苏曼殊的文言小说《断鸿零雁记》读，相信对你熟悉文言文的语感和语法会大有好处。

六瓣梅

　　梅花大家都看见过，即使没看见过真实的梅花，起码也看过画上的梅花。梅花的花瓣，每一朵是五瓣，可是有些画家会特意多画一瓣，形成一种独特的美感。

　　这就引出了一个话题：在审美的过程当中，审美者对所审视的对象会有一些自己的特殊的发挥。关于这种现象，20世纪一个德国的文艺理论家汉斯·罗伯特·姚斯就归纳并提出了一个理论叫作接受美学。他认为，对于一本书，作者写完了，出版了，算不算完成了创作？不算。什么情况下才能说这本书完成了创作？姚斯认为，一定要有读者阅读这本书，而不同的读者在阅读同一本书的时候，在心得上会有偏差。每一个读者在审美过程当中，都会把自己的人生经验、个人性格、个人在特殊情况下的特殊心情掺杂进去，所以最后一部完整的作品是在读者的阅读过程当中、欣赏过程当中、接受过程当中，由作者和读者共同完成的。

姚斯的这个理论叫作接受美学，六瓣梅就是一种接受美学的产物。画家欣赏梅花，觉得很美，凭脑海中的印象来画梅花，没有严格地按照梅花原来的面目来画。梅花明明是五个花瓣，画家画成了六个花瓣，因为在他的心目当中呈现六个花瓣才最美。

就像我向别人推荐文学作品，都或多或少会加入一些个人的自我发挥。我不是一个被灌输型的阅读者，我在阅读文学作品的时候总是会和作者再把这个作品过一遍，共同去创作这个作品，我的参与性很强，也就是说，有时候我画出来的梅花就是六瓣梅。懂得这一点以后有好处，一是听别人推荐和介绍某一个作品的时候，我们要深刻地懂得，那只是他的个人感受，他觉得是那样，我们可以参考，但是这个作品究竟怎么样，需要我们自己在阅读过程当中参与进去，形成我们自己的独特的感受和看法。

其实关于姚斯的接受美学，西方很早就有一句话，等于是接受美学的一个发源，这句话叫作"一千个人心目当中就有一千个哈姆雷特"。《哈姆雷特》是英国大戏剧家莎士比亚笔下一部著名的悲剧，写丹麦王子哈姆雷特，他的叔叔毒死了他的父亲，篡夺了王位，他痛苦不堪。在这种情况下，他甚至提出了一个流传至今的有名的命题，就是"生存还是毁灭，这是一个问题"。

整部剧主要是展现他复仇的过程，所以这部剧到了中国又被翻译成《王子复仇记》。怎么理解《哈姆雷特》呢？历来就有很多人提出自己的见解，众说纷纭，每个人心目当中都有各自的哈姆雷特。这个剧本是一个确切的存在，但是读者或观众会形成自己独特的看法，从画家画出六瓣梅花就可以知道，有一部分读者总是积极地参与创作过程。他读一本书，不是被动地机械地接受作者文本里面的信息，他总愿意参与进去，事隔多年，他在给别人讲他的阅读经验的时候，就会有很多他自己的创造，如果真去跟原著核对的话会发现有很多细节是不吻合的。

大家可以做一个试验。比如在一间屋子里先有两个人，一个人向另一个人讲一个小故事，讲完以后，这个人退出，再进去一个人，听故事的这个人把这个故事再讲一遍。如此接龙，轮到最后，比如轮到第十个人了，由第十个人把这个小故事讲给第一个人听，第一个人就会发现这个人讲的故事和自己讲的故事已经有很大的差别了。

每一个人都不是故意要改变原意，但在复述的过程当中，总不免掺杂自己的一些个人感受与见解。这样在信息传递的过程当中，有些信息就会被删减，有些信息则会被放大，而另外有些信息甚至是转述者自己创造出来的。这很有意思。

这就说到了续书的问题，有人对我在 2011 年到 2012 年来续《红楼梦》的后二十八回很不以为然。他们说《红楼梦》的续书多了去了，没有一个成功的。如果非要说成功的话，高鹗续的四十回是成功的。当然对于高鹗的四十回是不是续写有不同的看法，有人认为一百二十回就是一个整体，后四十回不是续的，有人认为后四十回是续的，但是续写者不能确定是高鹗。现在市面上的续《红楼梦》绝大部分都是从一百二十回往后去续的。这样的续写确实没有什么成功的，没有让人觉得是一部独立的值得一读再读的文学作品，都失败了。

那么，有没有人从八十回往后续呢？是有的，在当代有一位叫张之的作家，他就出版过从八十回往后续的，也很有意思。还有一位四川籍的周玉清女士，她也曾经从八十回往后续。周玉清的版本有一个很大的特点，就是她擅长作格律诗和词。《红楼梦》前八十回里面就有很多的诗词，她继承了这个文本特点，在她的续书里面也展现了自己这方面的才华，替书中的人物写了一些诗词。这也是一个很好的续本。

他们为什么这么续？显然就是在他们心目当中，对于《红楼梦》这部书的后四十回他们不满意，因此他们参与了创作。根据姚斯的接受美学，他们在阅读《红楼梦》前八十回的过程当中，就决定和原作者一起来续写人物的故事和命运。我所续的八十回后的二十八回，是在红学泰斗周汝昌先生的指导下完成的。我的目的不是为了创造出一个具有我个人风格的文学文本。我是写小说的，我也写过长篇小说，在续写《红楼梦》之前我就出版了若干部长篇小说，比如"三楼"系列——《钟鼓楼》《四牌楼》《栖凤楼》。在续写完成《红楼梦》以后，我也有新的长篇小说出版，比如《飘窗》，还有2020年出版的《邮轮碎片》。

那么，我为什么续写《红楼梦》？因为我做《红楼梦》研究，我和周汝昌先生的观点是一致的，我们一致认为通行的一百二十回本的后四十回，不是曹雪芹的原笔原意，不是他的原著，是别人续写的，而续写是失败的。这种失败不是从文学性角度来考虑，而是因为其中的人物的思想性格以及故事发展的脉络，都背离了曹雪芹原来的总体设计。所以我的续写实际上是一些探佚的文字，就是尽量把曹雪芹已经写完过又丢失的后二十八回找回来。

我续写的文本是供热爱《红楼梦》的读者参考的，并不是希望读者觉得那是我的一个成功的文学作品，而是呼吁大家跟我一起共同来琢磨探究曹雪芹已经完成后又丢失的部分究竟是什么样子。续写过程也可以理解成画六瓣梅，不可能严格地复原曹雪芹原来的文本。我是一个当代人，曹雪芹是一个两百多年前的古人，生活的时代和社会环境完全不一样，语言习惯就更不一样了，所以很难写得像曹雪芹写的一样。但是用一些文字铺排出来，大体上恢复它原来的后二十八回的内容，还是可以做到的，我就这样做了，如此而已。

所以说，接受美学给了我一种鼓励，在阅读欣赏过程当中，对于我特别喜欢的作品，我参与创作的积极性就特别高。举了续《红楼梦》一例，希望读者们今后在阅读过程当中，也能够发挥主观能动性，和原作者共同完成一部作品。

三种长篇小说结构

关于长篇小说，古今中外有很多写法，各式各样。我觉得长篇小说跟短篇、中篇不同，它应该更讲究文本结构。以我个人的写作经验而言，要创作一篇长篇小说，除了内容要从生活出发，从生命感悟出发以外，必须首先想好怎么来写，也就是采取什么样的结构。

凡是好的长篇小说，都不仅是内容好，它还讲究文本结构。我自己写了几部长篇小说，所选取的结构方式是不同的。比如我第一部长篇小说《钟鼓楼》，这本书写得比较早，1984 年就完成了，先刊登在《当代》杂志上，1985 年获得了茅盾文学奖，才出的单行本，到现在 30 多年了。当时我决心把我在钟鼓楼地区的生活体验写成一部长篇小说——普通市民的生活我挺熟悉的，很多人物也都活生生地浮现在我的脑海里——但是要怎样把他们的故事写出来？想来想去我采取了一个橘瓣式的结构。整部小说从一天早上的五点写到这天傍晚的五点，这十二个小时从时间上来说的话，无非就是一个白天，故事的空间基本上集中在一个钟鼓楼下的小杂院里面。原来只有一家人住的一个四合院，后来搬进不同的人家，成了一个杂居的院落，有各色人等。当然在故事的叙述当中，从时间上会延伸到过去；空间上，会延伸到杂院之外，但是大体来说时间是一个白天，空间是一个杂院。

想好这样一个结构以后，我就开始尝试把它写出来。我觉得《钟鼓楼》不说别的，在结构的创新上，我还是下了功夫的，确实也取得了一点成绩，类似这样写法的小说真是不多。当然有一些很年轻的读者会有一种误会，因为他们看了另一部很受欢迎的小说叫《长安十二时辰》，就觉得《钟鼓楼》是学《长安十二时辰》的，那他就搞错了。《钟鼓楼》在1984年就完成了，《长安十二时辰》是这两年出现的一个作品，我没看过，看名字好像写的是十二个时辰也就是二十四小时或者说一整天内发生的事，空间应该是长安。

这就说明对于这种长篇结构，不同的作家在不同历史时期可能会不谋而合地运用，读者们大可不必去争论谁模仿谁。

后来我又写了一个长篇叫作《四牌楼》。《四牌楼》的写法是串珠式，基本上是按照时间顺序来写的。但是它在叙述文本上有一个特点，它是第一、第二、第三人称交叉运用的，这是很别致的一种写法。大多数长篇小说是第三人称或第一人称的，第三人称就是客观地叙述，《钟鼓楼》从人称来说就是第三人称的写法，叙述者是一个好像什么都知道的人，在那里做客观陈述。还有很多的长篇小说采用的是第一人称"我"，从一个人物的口中，叙述他的种种经历。最难驾驭的是第二人称"你"，但是我在《四牌楼》里面就有很多的章节是第二人称，用"你"来写，这是一种新的尝试。

后来我又写了长篇小说《风过耳》，写了长篇小说《飘窗》，有人注意到了，说："刘老师，怪不得你搞建筑评论，你这些长篇小说的题目，除了《风过耳》跟建筑好像没太大关系以外，基本上都跟建筑有关。""三楼"不需要说了，都是建筑。飘窗是一种时下很时髦的建筑结构，窗户往外飘着，这样就形成一个悬空的台面。台面大的话甚至可以铺上褥子当床睡，可以当作沙发，也可以当作一个小小的读书、品茶的空间，当然更可以养花。所以你看我的小说那么多本都跟建筑有关，这也确实体现了我作为一个城市生活描述者的特色。

我不是一个写农村题材的作家，我写的都是城市生活，都是北京的生活。大都会在发展过程中，建筑越来越丰富，高层建筑越来越多，建筑样式越来越多，所以我就在 21 世纪出版了《飘窗》。

《飘窗》一开头写一个人回到一条街上，认出他的人立马想到几年前他离开这条街时撂下的一句话，什么话？**我不回来则罢，如果有一天我回来，那一定是来杀人的**。开篇就是这样一笔。这显然是一个很大的悬念，他要杀谁？他凭什么杀人？他杀人了没有？吸引读者往下阅读。

我个人在长篇小说写作上讲究形式的创新，这样一种写作路数我一直没放弃。2020 年我推出一部新的长篇小说叫《邮轮碎片》，恰好在疫情到来之前完成。现在邮轮旅游究竟还能不能有？如果有的话，什么时候恢复都成一个问题了。但是这部小说在疫情暴发之前就写完了，写的是一群中国中产阶级在一次地中海的邮轮旅行过程当中所发生的种种事情。这次我采取了乐高式的结构。

什么叫乐高式？乐高是一种拼接玩具，简单的拼接玩具很早就有，比如我在儿童时期就玩过一种叫小颗颗的玩具——一个盒子，打开以后里面很多小格子，小格子里面是一些小木头颗粒，把这些小木头颗粒倒出来，可以拼接成不同的花样，可以是一栋房子或者是一个动物，或者是你能想象到的任何东西。到今天，这种乐高玩具越来越复杂了，有的乐高玩具可以搭出各种漫威人物，如蜘蛛侠、银河护卫队等。

我注意到现在年轻人过得太紧张了，学习的时候紧张，工作之后也很紧张，再来读一部慢慢叙述的长篇小说会感到没那么多时间，也没那么多精力，所以他们喜欢碎片式的东西。我就想，一个年轻人如果总是碎片式地汲取信息，从中获取的营养就比较有限，但是这种碎片式的阅读习惯又是当下社会生活逼出来的，所以我希望我的长篇小说能够达到两个目的。

第一个目的是文本碎片化，整部小说由四百多个文字片段组成，短的几百字，长的也无非一两千字，适应现在年轻一代的阅读习惯，读起来不费劲，甚至不一定非要从第一段读起，随手翻开一页读一段，每一段里面都有信息，这些信息表面上看起来是孤立的、碎片的，但如果把它当作乐高玩具一样拼接起来的话，最后就会构成一幅反映当下中国中产阶级生活的斑斓画卷。

第二个目的，也是我要把它构成一个长篇的原因。因为我不希望年轻人因为喜欢碎片化阅读，就一直停留在碎片上，我希望他们陆陆续续地把这些碎片读完以后，根据自己的想象和逻辑，像玩乐高玩具一样，把它们拼接在一起，这样最后能获得的信息量和启发，就超过每一个孤立的碎片了。

图书在版编目（CIP）数据

人生没有白读的书 / 刘心武著. —成都：天地出
版社，2022.9
ISBN 978-7-5455-7082-3

Ⅰ.①人… Ⅱ.①刘… Ⅲ.①世界文学—文学评论
Ⅳ.①I106

中国版本图书馆CIP数据核字（2022）第073755号

RENSHENG MEIYOU BAIDU DE SHU
人生没有白读的书

出 品 人	陈小雨　杨　政
作　　者	刘心武
责任编辑	吕　晴
特约策划	焦金木
装帧设计	陈旭麟@AllenChan_cxl
责任印制	董建臣

出版发行	天地出版社
	（成都市锦江区三色路238号　邮政编码：610023）
	（北京市方庄芳群园3区3号　邮政编码：100078）
网　　址	http://www.tiandiph.com
电子邮箱	tianditg@163.com
经　　销	新华文轩出版传媒股份有限公司

印　　刷	北京文昌阁彩色印刷有限责任公司
版　　次	2022年9月第1版
印　　次	2022年9月第1次印刷
开　　本	880mm×1230mm　1/32
印　　张	8
字　　数	200千字
定　　价	68.00元
书　　号	ISBN 978-7-5455-7082-3

喜马拉雅策划出品

内容简介

刘心武八十自述，细品文学之美。

在《人生没有白读的书》这本书中，既有作者对"红学"的研究成果，也有其对中国本土文学的阅读见解，既有他对外国文学及文学理论的解读，也有自身关于阅读与写作的感悟。

以书自渡，无远弗届。

遇见一本好书，打开一个世界。

欢迎收听更多精彩有声作品

《天下刀宗》
百万人日夜追更的武侠故事

《世界名著大师课》
听大师讲解经典名著

《必须犯规的游戏·重启》
危机四伏的逃生游戏再度开启

从声音到文字，分享人类智慧